KB131495

미래에 진심인 편

미래에 진심인 편

지은이 이은규
펴낸이 임상진
펴낸곳 (주)넥서스

초판 1쇄 인쇄 2024년 7월 15일
초판 1쇄 발행 2024년 7월 20일

출판신고 1992년 4월 3일 제311-2002-2호
10880 경기도 파주시 지목로 5 (신촌동)
Tel (02)330-5500 Fax (02)330-5555

ISBN 979-11-6683-870-5 03810

www.nexusbook.com
&(앤드)는 (주)넥서스의 문학 브랜드입니다.

미래에 진심인 편

이은규 산문집

&

Prologue

×

탁월한 미숙함

한 전시회에서 실물에 가깝게 재현된 애니메이터의 책상을 본 적 있습니다. 전시의 초입에 위치한 책상은, 그 자체로 수많은 작품이 만들어지는 과정을 상상하게 했습니다. 뒤늦게나마 창작의 시간들을 함께하고 있는 듯한 느낌을 주더군요. 책상 위 어지럽게 널려 있는 종이와 문구들 사이에서 의외롭게도 스톱워치를 발견할 수 있었습니다. 작업을 이어 가는 동안 책상 주인의 한 손에는 늘 스톱워치가 들려 있었다고 합니다. 일차적으로는 마감 기한을 맞추기 위한 용도였겠지요. 나아가 무수히 많은 순간들이 모여 한 편의 작품이 탄생한다는 뜻을 담고 싶었던 것은 아닐까요.

우리의 손에도 보이지 않는 스톱워치가 들려 있습니다. 일분일초가 소중하기 때문입니다. 이 소중함은 사회가 요구하는 시간의 경제적 사용을 의미하지는 않습니다. 표준화된 주체가 되기 위한 효율성과도 거리가 멉니다. 저 자신을 포함하여, 이 산문집에 등장하는 다양한 주체들은 대체적으로 불완전하고 미숙한 존재들일지도 모릅니다.

그 주체들은 서로 다른 듯 닮아 있었는데 바로 '탁월한 미숙함'을 갖추고 있더군요. 함부로 규정되지 않으며 미완의 상태이지만, 언제나 나아가기 위해 노력하는 그런 면모 말이지요. 무엇보다 미래에 진심인 편입니다. 세상의 모든 작품에 시간이 스며들어 있는 것처럼 우리의 일상 역시 그렇습니다. 추측하고 계시듯 여기서의 미래는 우리를 향해 이미 출발한 미래, 즉 오고 있는 현재로서의 미래입니다.

다시 전시 이야기로 돌아가 볼까요. 마지막 작품이 무엇일까 기대를 했더랬습니다. 그가 생전에 가장 애용했다는 스톱워치가 유리관 안에 담겨 있더라고요. 물론 멈춰 있었습니다. 그 어떤 전시 작품들보다 스톱워치의 초침을 오래 들여다봤습니다. 멈춰 있다는 사실이 중요하지는 않았습니다. 각자의 시간이 흐르고 있기 때문입니다. 우리 자신의 시간을 우리에게 돌려주는 일. 책을 읽는 동안 잠시라도 스스로에게 돌아갈 수 있는 기쁨을 누리실 수 있다면, 저에게도 큰 기쁨이겠습니다. 멀리서 가까이서.

끝으로 산문의 출발이자 도착이 되어 준 시인들의 작품이 있습니다. 그 부드럽고도 단단한 목소리에 힘입어, 우리를 향해 오고 있는 미래가 한 뼘 더 가까워졌습니다. 감사합니다.

차 례

1부

혼잣말에
담겨 있는

× 어쩌면 같은 기도

한 사람의 기도 리스트

봄입니다. 지난겨울 비눗방울처럼 작은 방에 스스로를 가둔 시간은 때로 해맑은 즐거움이었습니다. 때때로 새로운 외로움이기도 했고요. 며칠 전 다이어리에서 약속 날짜를 확인하다 '경칩'이라는 단어를 발견했습니다. 그 순간 겨울 외투 대신 가벼운 겉옷을 떠올리게 된 건 왜일까요.

까치 한 마리 봤다고 겨울 외투 벗지 말라는 말 들어 보신 적 있으시지요. 종종 계절보다 마음이 앞서가는 때가 있습니다. 경칩 이야기, 때로 춥고 때때로 따뜻한 날들이 반복되는 절기입니다. 기온은 날마다 조금씩 상승하며 마침내 봄으로 향하게 되는데요. 겨울인 듯 봄인 듯. 나인 듯 너인 듯.

최근 어떤 기도를 하셨는지 궁금합니다. 한 사람의 기도 리스트를 보게 된다면 그의 기쁨과 슬픔 그리고 이름 지을 수 없는 수많은 감정을 마주하게 될 듯한데요. 어쩌면 그를 이해하게 될 수도 있고 반대로 이해하기 어려워질 수도 있습니다. 모를 일이지요. 누군가의 심연을 마주하는 일에 매혹과 두려움이 함께 자리할 것만 같습니다.

우리가 흔히 사용하는 '기도'는 다음과 같은 두 가지 의미가 혼용되어 쓰입니다. 먼저 인간보다 능력이 뛰어나다고 생각하는 어떠한 절대적 존재에게 빎. 또는 그런 의식을 뜻하는 기도입니다. 다음으로 어떤 일을 이루려고 꾀함. 또는 그런 계획이나 행동을 뜻하는 기도가 있습니다. 과연 기도의 효력에 대해 묻는다면 누가 명확한 대답을 들려줄 수 있을까요.

언젠가 걱정이 너무 많아 힘들어하는 친구 H를 만났습니다. 점점 삶 전체의 균형을 잃어 가고 있는 것 같았습니다. 수

플레 팬케이크와 커피를 나누던 자리였지요. 친구에게 만약 가능하다면 걱정보다는 기도를 하는 게 어떨까, 조심스레 말을 건넸습니다. 미리 걱정하면 더 나은 미래를 준비할 수 있다는 명분을 모르지 않지만, 통제할 수 없는 상황에 대한 불안감으로 인해 몸과 마음이 상하는 것 같아 안타까웠기 때문입니다. 무엇보다 그가 평안에 이르기를 바랐던 의도였지요. 이제는 희미하게 알 것도 같습니다. 한 사람의 걱정을 온전히 함께하는 일, 그 두려움을 나누는 일이 먼저였음을.

때로 춥고 때때로 따뜻해

요 며칠 삼한사온. 문득 네 글자에 담겨 있는 힘 같은 걸 떠올리게 되었습니다. 인간의 삶 역시 때로 춥고 때때로 따뜻하기 때문이었을까요. 추운 날보다 따뜻한 날이 하루 더 많다는 사실이 새삼스레 다행입니다. 그 주기 때문에 우리는 '견딤'을 견딜 수 있는 건지도 모르겠습니다.

어딘가에서 겨울잠을 자던 개구리 한 마리가 깨어나고 있을 생각을 하니 갑자기 응원하게 됩니다. 만약 우리 역시 꿈꽁 언 겨울의 끝자락을 지나 봄을 향하는 중이라면 이 시를 함께 나누는 것도 좋겠습니다. 조시현 시인의 「같은 기도」입니다. 제목이 벌써 따뜻하기만 하고요.

무엇이 무엇을 녹일 수 있나
사람을 껴안으며 그런 생각을 했다

네 기도를 알게 되면 너를 더 이해할 텐데
그런 것은 무섭다

있지 기도란 거 그냥 사라져버리진 않겠지
구체적인 형태로 어딘가로 가고 있는 거겠지
없던 일이 되진 않는 거겠지 분명

어둠 속에서 슬픔과 눈을 마주쳤다
한 번도 깜박이지 않고

네가 애도를 낭비했잖아
마음대로 다 썼잖아

그리고 보일러가 돌아가고 있었다

소금은 바다의 기도가 될까
그래서 간을 맞추다 울었나
너무 큰 기도를 알아버려서

그럼 피 대신 기도가 도는 거네
너는 가슴에 손을 얹었다

우리는 밥을 잘 먹고
우리는 저녁에 만났다

종종

비가 내렸다
웅덩이에 얼굴이 비쳤고
무슨 표정이 망가지는지 알 수 없었다

종종

겹쳐지는 그림자엔 손가락이 더 많았다

그러면 손깍지는 더 단단해질까 묻는 대신

잡았다

짠 기운이 고였다

낭비인지 알 수 없어도

염분이 영 점 구 퍼센트 이하로 떨어지면 살 수 없대, 사람은

없는 질문에 네가 답했다

다짐 같았다

녹을 수는 없지만

잡은 손에 힘을 주었다

비가 그칠 때까지 같은 방향으로

조금만 더 걸어보려고

-「같은 기도」 전문

포옹, 발음하는 순간 마음이 둥글어지는 단어들이 있습니다. 시적 주체는 한 사람을 껴안으며 인간이 가진 무엇이 다른 인간의 무엇을 녹일 수 있을지 궁금해합니다. 그 무엇의 자리에 마음이라는 단어를 함부로 대입하기는 어렵겠지요. 그래도 '마음이 녹는다'라는 표현을 떠올려 보면 무리는 아닐 것도 같습니다.

　마음이 녹는 순간은 참 다양할 텐데요. 국가 간 역사적 앙금이 해소되는 순간부터, 함부로 차선을 넘어온 차량이 짧게 비상등을 켜며 지나가는 순간까지. 그리고 무엇보다 경칩을 맞이하여 꽁꽁 얼었던 땅이 봄의 입김에 풀리는 순간이 떠오릅니다. 봄은 어디서부터 시작되는 걸까 꽤 오랫동안 궁금했습니다.

　다시 시 이야기. 시적 주체는 한 사람의 기도 내용을 알게 되면 지금보다 그를 더 이해할 수 있을 거라고 추측합니다. 그러면서도 그런 상황이 무섭다는 고백을 들려주고 있는데요. 물론 서로를 이해하게 되면 더 깊은 소통을 할 수 있지 않을까 생각할 수 있습니다. 하지만 거기에는 책임이 뒤따르게 될지도 모릅니다. 어쩌면 가볍지 않을 수도 있는 책임 말이지요.

한편으로는 한 사람에 관한 지극히 제한적이고 편의적인 정보만으로 그를 다 이해한다고 착각했던 것은 아닌지 돌아보게 됩니다. 이는 타인이 아닌 자신의 경우에도 크게 다르지 않을 것 같습니다. 요 근래 나와 타자의 연대를 어떻게 지혜롭게 이어 나갈 수 있을지 많은 이들이 고민하고 있습니다. 사회적 차원을 포함해서요.

고슴도치 딜레마

문득 고슴도치가 떠오릅니다. 제 주변에는 반려동물로 고슴도치를 키우는 친구 J가 있습니다. 그는 고슴도치에게 '도치'라는 애칭을 지어 부르며 정성스럽게 보살핍니다. 근황과 안부를 물을 때마다 한 마리에서 두 마리로 두 마리에서 세 마리로 자꾸만 늘어나는 도치들. 특히 겨울이 다가오면 실내온도가 일정 정도 이하로 내려가지 않도록 주의를 기울입니다. 과잉보호가 아닌 것이 애완용 품종으로 개량된 고슴도치는 아프리카 종이기 때문에 추위에 매우 민감하다고 합니다. 지난겨울 고슴도치를 위한 극세사 담요를 구입했다며 안심하던 친구의 흐뭇한 표정.

한편 독일 철학자 쇼펜하우어는 인간 애착 형성의 어려움을 빗대 '고슴도치 딜레마'라고 명명한 바 있습니다. 추운 날씨에 온기를 나누려고 서로에게 모여드는 고슴도치들. 그런데 날카로운 가시로 인해 본의 아니게 상처를 주게 된다고 합니다. 온기를 나누되 상처를 입히지 않기 위해서는 적절한 거리가 필요하다는 이치가 바로 이 딜레마인 것이지요.

　대체적으로 거리의 문제는 인간에게도 역시 영원히 풀리지 않는 숙제와도 같습니다. 한 사람이 가지고 있는 자율성에 대한 욕구는 관계의 거리가 좁혀짐에 따라 증가합니다. 바람직한 자기 보존과 이타적인 희생 사이의 균형에 관한 질문. 이 질문에 따른 현명한 해결 방법에 대해서는 그 누구도 명쾌한 해답을 제시할 수 없겠지요. 친밀한 관계의 적절한 거리에 대한 상대적 기준으로 인해서 말입니다.

　시의 상황에서도 예기치 않은 마주침이 있습니다. 시적 주체는 어둠 속에서 원치 않는 슬픔과 마주하게 됩니다. 그러나 슬픔으로부터 도피하지는 않습니다. 오히려 한순간도 놓치지 않겠다는 듯이 눈을 깜박이지 않지요. 그런데 돌연 슬픔에게 뜻밖의 말을 전합니다. 애도를 마음대로 다 써 버렸다는 것. 즉 낭비했다는 이유에서 말입니다. 애도는 소중한 대상을 상실한 후에 찾아오는 고통에서 빠져나와 살아갈 힘을 회복하는 과정이지요. 이 장면을 언뜻 보게 되면 마치 시적 주체가 슬픔을 원망하는 듯한 느낌을 받을 수 있습니다.

그러나 중요한 점은 애도를 낭비할 수밖에 없었던 상황이겠지요. 시는 우리를 그 상황으로 데려갑니다. 그렇습니다. 시적 주체는 일련의 상황에 대해 재차 질문하고 있는 것입니다. 지난 시간들을 돌아보면 이해하기 어려운 사건과 일어나서는 안 되는 사고가 너무 많이 발생했기 때문인데요. 어쩌면 애도는 다음 기회라는 것이 없는 과제가 아닐까 합니다. 멀리서 희미한 목소리가 도착합니다. 한 사람의 마음을 헤아려 줘. 뒤늦게나마 헤아려 줘.

그럼에도 머리를 맞대고

삶은 무심하게 흘러가는 것처럼 보입니다. 보일러가 돌아가는 시의 장면에서와 같이. 그 무심함을 뚫고 시적 주체는 소금이 바다의 기도가 될 수 있을지 질문합니다. 많은 이들이 아무렇지 않다는 주문을 외우며 가까스로 살아갑니다. 그러다 어느 날 문득 정성스럽게 만든 음식을 한 입 먹는 순간, 눈물을 터뜨리기도 합니다. 갑작스러운 눈물은 예정된 우연. 너무 큰 기도를 알아 버렸기 때문이지요.

여기서 큰 기도라는 표현은 대의를 떠올리게 합니다. 대의는 사람으로서 마땅히 지키고 행하여야 할 큰 도리이지요. 도리라는 말이 무겁게 다가옵니다. 과연 도리를 지키고 행한다는 일은 무엇일까요. 잊고 있었던 너무 큰 기도 소리가 들려오는 것 같습니다. 문장 만들기를 포기한 채로 혼잣말인 듯 나온 그 기도 소리가 말이지요. 마음의 뭉침들, 기도의 다른 이름일 목소리들.

너와 내가 우리가 되는 순간. 단단해질 미래를 확인하는 대신 손깍지를 끼는 순간 짠 기운이 고이는 것일까요. 그 순간들이 모여 일상이, 결국 일생이 되는 것인지도 모르겠습니다. 시적 주체가 바라보고 있는 대상은 사람의 염분이 영점 구 퍼센트 이하로 떨어지면 살 수 없다는 사실에 대해 말합니다. 질문도 하지 않았는데 새삼스럽게 설명해 준 것이지요. 그러니까 일종의 다짐이라고 볼 수 있겠습니다. 슬픔을 외면하지 않겠다는 다짐.

　잡은 손에 힘을 주는 일이 우리가 할 수 있는 최선이라고 믿고 싶습니다. 영원에 이르겠다는 포부가 아니라 비가 그칠 때까지 한 방향으로 조금만 더 걸어 보려는 것. 때로 우선 오늘 하루만 알차게 살아 보자는 각오가 삶의 큰 동력이 됩니다. 어쩌면 너와 내가 우리가 되는 순간만큼은 '같은 기도'를 하고 있는지도 모르겠습니다. 굳이 기도의 내용을 공유하지 않아도 충분한 기도 말입니다. 침묵으로 더 단단해지는 사이도 있으니까요.

　우리는 대체적으로 서로의 친밀함을 원하면서도 동시에 적당한 거리를 두고 싶어 하는 모순을 가지고 있습니다. 한편 상처를 주고받는 일을 원치 않아서 혼자 고립되려는 태도를 '새로운 고슴도치화'라고 지칭하는 목소리도 들려옵니다. 적절한 거리를 두는 태도가 더 효율적이라는 걸 발견했기 때문일까요. 그런데 실제로 고슴도치들은 바늘이 없는 머리를 맞대어 체온을 유지하거나 잠을 잔다고 합니다. 온기를 나누되 상처를 주지 않는 유일한 방법인 것.

한 사람에게 특별한 존재가 되고 싶어. 아니 특별한 존재가 되고 싶지 않아. 두 문장 사이에서 망설이는 마음들이 여기 있습니다. 우리라는 이름의 고슴도치들아 안녕. 봄비는 제 몫을 다하기 위해 땅으로 스며듭니다. 오래 고요합니다. 형식 없이 짧은 기도를 마친 오후.

딸기 케이크의 건축

딸기와 건축

바야흐로 딸기의 계절. 우연히 알고리즘에 이끌려 봄맞이 딸기 케이크 리뷰 영상을 보게 되었습니다. 세상에는 정말 다양한 종류와 가격대의 딸기 케이크가 있다는 사실을 알게 되었지요. 유난히 딸기를 좋아하고 토끼 같은 이미지가 있어 '딸기 토끼'라는 별명을 가진 친구 K의 얼굴이 떠올랐습니다. 실제로도 토끼라는 동물은 딸기를 좋아한다고 하는데요.

다시 리뷰 영상 이야기, 리뷰어는 딸기와 시트 그리고 생크림의 조화를 기준으로 여러 제품의 시식을 진행했습니다. 아쉽게도 딸기의 향과 맛을 떠올리기가 어려웠습니다. 크기나 신선도 정도를 확인할 수 있었을 뿐. 시트 역시 촉촉함의 정도를 파악하기 힘들었지요. 생크림의 질감은 말할 것도 없고요. 그래서 내용보다는 형태적인 측면에서 케이크들을 두루 살펴보게 되었습니다. 주재료인 딸기를 그대로 사용하거나 절반으로 자르는 등 컷팅 방식이 다양했습니다. 생크림을 아이싱하는 방법에 따라 최종 질감이 결정되더군요. 시트를 몇 겹 사용하는지에 따라 전체 높이가 달라졌습니다.

영상을 보다 문득 '딸기 케이크의 건축'이라는 표현이 떠올랐습니다. 관련이 없어 보이는 두 단어의 조합이 의외롭게 느껴졌습니다. 건축은 사람이나 물품·기계설비 등을 수용하기 위한 구축물의 총칭이지요. 떠올려 놓고 보니 한 겹 한 겹 정성스럽게 쌓여 있는 딸기, 시트, 생크림이 일종의 구축물이라는 생각으로 이어졌던 것 같습니다. 세상의 모든 딸기 케이크의 종류가 궁금해졌습니다. 과정의 상이함에 따라 제각각 다른 케이크가 되겠다는 생각이 들었기 때문입니다.

성의는 부족하지만 친구 K에게 봄맞이 선물로 딸기 케이크 기프트콘을 보내 볼까요. 딸기 토끼야 안녕, 잘 지냈어? 너무 오랜만에 연락해서 미안. 내 마음을 받아 줘. 천천히 딸기 향에 물드는 입술이고 마음이군요. 모쪼록 뜻밖의 선물이 일상의 기쁨으로 다가오기를 바라며 결제 버튼을 눌러 봅니다. 완료 확인 음이 경쾌하게 들리는 오후.

이상한데 재미있어

새삼스럽지만 '안녕'의 뜻에는 두 가지가 있습니다. 먼저 아무 탈 없이 편안함. 다음으로 편한 사이에서 서로 만나거나 헤어질 때 정답게 하는 인사말. 이 중에서 두 번째 안녕에 집중해 보고자 합니다. 그러니까 이때의 안녕은 주로 경어체를 사용하지 않아도 되는 편한 사이에서 오고 가는 인사말인 것이지요. 만나거나 헤어질 때 두루 쓸 수 있다는 점이 언어의 기능적 측면을 떠올리게 합니다. 수많은 만남과 헤어짐에서 주고받았던 안녕, 안녕들. 어조와 표정에 따라 다르게 들리는 마법 같은 인사말입니다. 그러니 모두의 각기 다른 안녕이 있는 셈.

먼저 '만날 때의 안녕 이야기'입니다. 우리는 본 적이 있습니다. 예를 들어 오를 수 없는 육교, 그저 올라가고 내려가는 것만 가능한 계단, 열 수 없도록 잠긴 채 자리하는 쓸모 없는 문, 문도 창문도 없는 벽에 홀로 남은 차양, 더 이상 사용할 일이 없어 합판으로 입구를 막아 놓은 매표소 창구 등을 말입니다. 하나같이 마땅히 철거되어야 했지만 아직 건물에 부착되어 있는 것들이지요. 무심하고도 아름답게 보존되고 있는 쓸모없음의 대상들. 아마도 철거의 필요성을 느끼지 못했거나 때를 놓쳐 버린 경우가 대부분이겠지요.

제대로 된 몸체는 있으나 기능을 상실한, 그럼에도 불구하고 보존되고 있는 것들에 대해 생각해 볼까요. 만약 길을 가다 혹은 어떤 장소에서 이러한 대상들을 만나게 된다면 어떨까요. 그때 우리는 다소 어색한 표정을 짓게 될 수도 있습니다. 그러다가 들릴 듯 말 듯 한 목소리로 인사를 건네게 될지도 모릅니다. 안녕, 잘 모르겠지만 너 참 이상한데 재미있구나, 라고 말이지요.

이러한 대상들을 향해 예술을 넘어선 예술, 즉 '초예술'이라고 명명한 인물이 바로 아카세가와 겐페이입니다. 잘 알려져 있듯 그는 일본의 전위미술가이자 아쿠타가와 상을 수상한 소설가이기도 하지요. 그의 저서 『초예술 토머슨』(안그라픽스, 2023)에는 수많은 유령들이 출몰합니다. 쓸모없어 보이지만 여전히 존재하는 대상들 말입니다. 그 존재성을 토대로 어떤 메시지를 전하고 있는 대상들에 관한 이야기인 것이지요.

초예술과 토머슨

이러한 도시의 유령들에 관한 사고는 '초예술 토머슨'이라는 이름으로 우리 앞에 모습을 드러냅니다. 모든 대상이 쓸모있음과 쓸모없음으로 구분됩니다. 즉 이분법으로 나뉜 세상인 것인데요. 저자는 이러한 세상에서 각지에 흩어져 자리한 토머슨을 관측하는 사람들을 '토머스니언'이라고 부르고 있습니다.

그들의 기록을 통해 초예술 토머슨의 전모가 세간에 관심을 받게 되었다고 합니다. 그 대상들은 어딘가 부자연스럽고 부족한 구석이 있거나 일견 장난스러워 보입니다. 그럼에도 불구하고 토머스니언들이 주의를 집중하는 대상들은 우리가 일상에서 무심히 지나치는 것들입니다. 그늘져 어두운 곳에 있는 사물들의 얼굴이지요.

그런데 아까부터 궁금하시다고요. 왜 토머슨인가. 이는 야구 선수 '게리 토머슨'에게서 따왔다고 합니다. 과거 일본의 요미우리 자이언츠에는 높은 이적료를 받고 입단하게 된 외국인 용병 선수가 있었습니다. 그러나 그는 팀 소속 선수로 활동하는 동안 헛스윙만 날리다가 결국 성과를 내지 못한 채 벤치와 한 몸이 됩니다. 그 후 토머슨은 제 역할을 다 하지 못하는 모든 것의 대명사가 되었다고 전해집니다.

저자는 쓸모없는 사물들이 보존되고 있는 상황과 벤치에 앉아 있는 게리 토머슨의 모습이 겹쳐 보였다고 말합니다. 나아가 쓸모있음과 쓸모없음의 경계를 의도적으로 지우는 예술 너머의 예술이라는 의미로 초예술을 떠올리게 된 것입니다. 이처럼 일련의 과정을 통해 초예술 토머슨이라는 용어가 탄생하게 된 것이지요.

순수한 계단이라니

바쁘다 바빠를 외치는 현대 사회에서는 사람들이 그 유령을 알아채지 못하는 순간이 더 많습니다. 이번에는 다양한 외양의 초예술 중에서 계단 이야기를 나누려고 합니다. 저자가 도쿄 인근을 걷다가 발견하게 된 계단인데요. 이름 하여 '순수 계단'입니다. 이를테면 오로지 오르내리기만 할 수 있는 계단을 말하는데요. 계단의 본래 기능은 어딘가에 다다르도록 돕는 것이지요.

그러나 계단 끝에 목적지가 없다면 어떨까요. 그렇습니다. 순수 계단은 순수하게 오르내리기만 할 수 있을 뿐 목적지로 이어지지 않는 쓸모없는 계단입니다. 물론 이 계단도 과거에는 건물의 입구로 올라가는 계단이었고 그곳에는 본래 문이 있었을 것입니다. 그러다가 이유를 알 수 없는 상황으로 인해 출입구로써의 기능이 사라지면서 개축할 때 막아 버리게된 것은 아닐까요. 이러저러한 이유로 계단이 필요 없어졌지만 철거하려면 비용이 발생하니 그대로 두었겠지요.

우리가 그 풍경과 마주한다면 쓸모있음과 쓸모없음의 기

준에 대해 떠올리게 될 것 같습니다. 마치 시즌 내내 벤치 신세를 면하지 못한 야구 선수 토머슨과 인간 토머슨 사이에서 말이지요. 거기서부터 가치에 대한 광범위한 질문이 시작됩니다. 잘 알고 있듯 자본주의에서의 용도란 존재 증명이라고 할 수 있는데요. 그런데 놀랍게도 용도가 사라졌어도 존재할 수 있는 대상들이 있습니다. 저자는 이를 초예술이라고 주장하고 싶은 것입니다. 초예술은 우연히 창조되는 어떤 것이군요. 그때의 발견이 우연적 필연일지 필연적 우연일지 궁금해지는 순간입니다.

따라서 초예술에는 어시스턴트는 있어도 작가는 없습니다. 그저 초예술을 발견하는 시선이 존재할 뿐이지요. 상황이 이러할 때 모든 이는 어시스턴트로서 초예술을 발견할 수 있게 됩니다. 일상이 예술적 시공간으로 변하는 기적의 순간이 여기 있는 것이지요. 휴대폰 앨범 속에 자리한 불완전한 구도의 사진들, 메모장에 적어 놓은 아름다운 비문들이 만들어 내는 기적 말입니다. 매일매일 찾아오지만 미처 감지하지 못한 일상이라는 이름의 기적.

집을 짓다, 시를 쓰다

　한편 잘 알려져 있듯 건축(architecture)은 원래 '큰, 으뜸, 으뜸이 된다, 우두머리' 등의 뜻을 가지는 'archi'라는 접두어와 '기술'을 뜻하는 'tecture'의 합성어로서 '모든 기술의 으뜸'이라는 어원을 가지고 있습니다. 시를 언어적 형상화라고 부를 때 건축은 실제 세계를 구성하는 핵심적인 기술이 되는데요.

　건축이 삶의 공간을 예술적으로 구축하게 되었을 경우 그 친연성은 더욱 강해집니다. 집을 짓는 경우와 시를 쓰는 경우는 형상화 작업이라는 점에서 동일한 맥락을 갖습니다. 가진 게 없지만 집을 짓고 싶은, 시를 쓰고 싶은 열망으로 가득한 목소리에 귀 기울여 볼까요. 박참새 시인의 시 「건축」입니다.

"파이드로스,

글에는 그림처럼 불가사의한 힘이 있다네.

그림으로 그려 놓은 것들은 마치 살아 있는 존재처럼 보이지.

하지만 자네가 어떠한 질문을 해도 그들은 무겁게 침묵만 지킨다네.

글도 마찬가지야. 자네는 글이 지성을 갖추고 있는 것처럼 생각할지

모르나, 자네가 그 내용이 알고 싶어 물어보면, 글은 매번 하나의

메시지를 반복해서 들려줄 뿐이지."

– 플라톤, 「파이드로스」

  너는 생각한다. 너는 집을 짓고 싶다. 너는 집을 짓는다는 일
에 대해 근본적으로 고민하기 시작한다. 이윽고 너는 아주 기
본적인 난관에 부딪히게 된다. 너에게 부족한 것이, 가지고 있
지 않은 것이, 곧 결여된 것이 너무나도 많다는 사실을, 배우기
시작한 것이다. 너에게는 자본이 없다. 너에게는 땅이 없다. 너
에게는 실리적인 재료도, 그것을 활용할 능력이나 재능도, 미
적인 감각도 없다. 너에게 있는 것은 오로지 집이 결여되어 있
다는, 그 감각뿐이다. 너에게 유일한 것은 집을 갈망하는 욕망
뿐이다. 너는 집이 필요하다. 너는 집이 갖고 싶다. 너는 하지
만 포기할 줄 알아야 한다, 없을 수 있다는 것에 대해, 그 가능
성 – 동시에 불가능성 – 이 유일한 재산이라는 것을, 받아들여
야 한다. 네가 있는 이곳은 광활한 동시에 협소하고, 구체적이
면서도 모호하여 소속감을 느끼지 못한다. 네가 자리한 이곳은
발이 닿을 것 같다가도 한 발 한 발 내디딜수록 그 깊이가 더욱
깊어져 허우적대기 십상이고, 도움 구할 주변도 없어서 앞으로
나아가기가 어렵다. 너는 혼자가 아니지만 절대로 같이일 수는

없으며, 함께 살아간다는 감각은 있지만 그것을 경험한 적은 없다. 너는 이 사건들의 모든 총체이며, 과거이자 기억인 이 시간들은 너의 미래를 결정할 것이다. 너는 집에서 살 것이다. 너는 집을 짓게 될 것이다. 네가 가진 유일한 재료이자 소재인 것으로. 너에게는 말이 있다. 오로지 언어일 뿐인, 너에게만 머무를 뿐인, 그저 그뿐인, 동시에 전부라 버릴 수도 외면할 수도 없는, 때로는 연결을 위한 유일한 수단이면서 단절을 초래하는 단 하나의 종말이기도 한, 오로지 말. 그리하여 너는 말로써 지은, 말의 집에서, 살 것이다. 너는 너만의 말로 지은 말의 집에서 홀로 살 것이다. 너는 갇히지도 자유롭지도 않은 상태로, 탈출도 방생도 못 한 채로, 이동도 거주도 불편한 상황을 자초하며, 아름다우며 기괴한 말의 집에서, 그것에 의지하고 외면당하며, 그곳에서, 홀로 살 것이다. (…)

─「건축」 부분

　시는 플라톤의 '파이드로스(Phaidros)'의 한 대목을 인용하며 시작되고 있습니다. 잘 알려져 있듯 플라톤의 대화편 가운데 가장 아름다운 작품으로 손꼽히는 글이지요. 그의 〈파이돈〉, 〈심포지온〉, 〈국가〉와 더불어 가장 중요하고 널리 알려진 대화편 가운데 하나입니다. 우주론, 이데아론, 광기와 신적인 영감에 대한 이론, 수사술 비판과 변증술에 대한 이론, 문자 비판 등이 담겨 있습니다.

시에 인용된 구절들은 불가사의한 힘에 대해 강조하고 있는데요. 그러면서도 글은 일관된 메시지를 반복해서 들려줄 뿐이라고 단호하게 말합니다. 어쩌면 모든 글은 새롭게 해석되기를 기다리는 영원한 미완의 텍스트일지도 모르겠습니다. 상황이 이러할 때 해석의 정설이란 없으며 가설들의 가설만 자리하겠군요.

여기서 건축은 집을 짓는 것과 언어적 형상화의 결과물인 시, 혹은 문학 그 자체를 가리킵니다. 소유이면서 경험이기도 한 이야기인 것이지요. 안타깝게도 시의 주인공은 결여에 대한 감각과 욕망 말고 아무것도 가진 것이 없습니다. 그에게 말은 결핍과 욕망을 삶의 문제로 만들기 위한 유일한 수단이자 전부라고 할 수 있습니다. 그 자체가 목적이 되는 것일 텐데요. 아름답고 기괴한 말의 집 안에서만 영원히 머물게 될 미래. 이때의 미래는 가능성과 불가능성이 교차하는 혼돈의 시간이 되겠지요.

문제는 말의 집에서 꿈을 짓기란 쉽지 않다는 사실입니다. 대부분의 말은 그 쓰임의 방식과 용도가 이미 정해져 있기 때문이지요. 일상적 의사소통의 목적이 있는 말은 더욱 그렇고요. 그러나 시의 언어는 일상적 의사소통의 영역을 넘어 확장되는 알 수 없는 힘으로 가득 차 있습니다. 언제나 초과하는 그 무엇. 가능성과 불가능성을 가지고 있는 우리들과 같이.

　이제 벌써 '헤어질 때의 안녕 이야기'를 해야겠네요. 다소 거창하지만 쓸모에 대한 정의부터 차근차근 내려 보는 건 어떨까요. 그렇다면 이야기의 맥락은 달라지지 않을까요. 어쩌면 우리가 살아가는 일상적 시공간에도 초예술이 자리하고 있을지도 모르겠습니다. 다만 그것이 초예술이라는 사실을 인지하지 못한 채로 지나쳐 버리지는 않았나 돌아보게 됩니다.

　모든 것에 의미를 부여하는 의미지상주의도, 모든 것을 회의하는 냉소주의도 어느 지점에서 균형을 상실한 결과일 것입니다. 의미는 너무 무겁고 냉소는 너무 쉽기 때문이겠지요. 그러니 우리들의 일상에 자리하고 있을 초예술의 대상들에게 안녕, 안녕 두 번 인사해 보면 좋겠습니다. 이윽고 다음 봄을 기대해요. 돌아올 딸기 케이크의 건축을 위해.

×

술 빚는 중이에요, 호랭이 눈물

사람 사귀는 데에 타고난 재주가 있어

더 이상 몸을 움츠리지 않아도 되어 좋습니다. 가벼운 아우터 혹은 그도 생략 가능한 옷차림을 즐기는 날들. 그런데 예상치 못한 춘곤증의 습격, 주변에서 오후만 되면 피곤해지고 졸리는 증상을 호소하는 사람들이 많은데요. 이는 계절의 변화에 우리 몸이 적응하는 과정에서 생기는 일시적인 증상이라고 합니다. 매우 자연스러운 현상인 것.

한 가지 짚어 볼 점은 춘곤증의 근본적인 원인으로 신체의 생리적 불균형 상태를 들 수 있다는 사실입니다. 추위에 익숙해 있던 인체의 신진대사 기능들이 봄의 환경에 적응하는 기간인 것이지요. '왜 이렇게 피로하지'라는 혼잣말을 '몸이 봄에 적응 중이구나'로 바꿔 봅니다. 생각의 좌표를 바꾸니 부지런하게 견딜 만한 봄.

봄밤에 '호랭이 눈물'을 보았습니다. 친구 P는 제 주변에서 대표적인 마당발 혹은 핵인싸로 불립니다. 그는 사람 사귀는 데에 타고난 재주가 있어 인간관계가 넓은 편입니다. 보편적으로 외향적인 성향을 가진 사람들의 인간관계는 피상적일 수밖에 없다는 전문가의 견해를 확인할 수 있습니다. 이는 개인의 사회적 수용 능력의 범위와 그 한계 때문이라고 합니다.

떠올려 보면 P의 경우 두루두루 친밀한 관계를 유지하는 편이라 꼭 그렇지도 않을 것 같은데 모를 일. 얼마 전 그에게 축하할 일이 있어 만났다가 우연히 다른 모임에 합류하게 되었습니다. 전부 다 아는 얼굴은 아니었지만, 자리를 함께해도 불편하거나 어색하지 않을 정도의 사람들이 여럿 있었습니다. 그러고 보니 친구의 지인 중 일부는 나의 지인이기도

했군.

잘 알려져 있듯 영국의 심리학자 로빈 던바는 아무리 외향적인 성향을 갖고 있다고 할지라도, 한 사람이 안정적으로 유지할 수 있는 관계가 최대 150명을 넘지 못한다는 분석을 내놓은 바 있습니다. 이 150명을 이른바 '던바의 수'라고 하지요. 이와 관련하여 조금 더 자세히 살펴보면 다음과 같습니다.

1. 이름만 아는 관계 1,500명
2. 다양한 이유로 단절될 수 있는 관계 250명
3. 삶에 있어 의미 있는 관계 150명
4. 업무적 관계에 따른 지인 100명
5. 먼 친척과 비교적 가까운 친구 25명
6. 가족과 매우 가까운 친구 5명

그런데 삶에 있어 의미 있는 관계가 150명이라니 적지 않게 느껴집니다. 이에 반하여 일생을 기간으로 한다면 적은 것 같기도 하고요. 많고 적음에 대한 기준을 명확하게 나누기 어려운 느낌인데요. 던바가 150명이라는 매우 구체적인 인원을 도출하게 된 근거는 크게 두 가지라고 합니다. 먼저

인지적인 측면인데요. 정보 처리를 담당하는 인간의 대뇌 신피질 크기를 고려했을 때를 기준으로 합니다. 뇌가 기억하고 감당할 수 있는 관계의 규모가 150명이라는 것입니다. 다음으로 시간적인 측면입니다. 인간이 가진 시간 자원은 유한하며 경우에 따라 매우 제한적이지요. 그 한계 내에서 관계 유지에 따른 선택이 이루어지기 때문에 무한한 확대는 불가능하다는 설명이 되겠습니다.

랭보와 사르트르

그렇다면 우리가 처해 있는 각종 소셜 네트워크 안에서도 던바의 이러한 주장이 여전히 유효할 것인지 궁금해지는데요. 물론 그는 최근 연구를 바탕으로 크게 다르지 않다고 결론을 내린 바 있습니다. 반대로 인간이 미디어 환경에서의 편리한 수단을 활용해 관계를 보다 효율적으로 확장하고 있다는 다른 관점의 견해도 있습니다.

다만 넓이가 깊이를 보장하지는 않는다는 사실을 고려하는 게 필요하겠네요. 나아가 깊은 관계의 여부에 대해서도 상대적 기준으로 인한 판단의 어려움이 생길 것 같습니다. '나는 타자다'라고 외쳤던 시인 랭보가 이 시대를 엿본다면 어떤 시를 남길까 궁금해지는 지금입니다. 철학자 사르트르는 여전히 '타인은 지옥'이라며 파이프에 불을 붙이며 심각한 표정을 짓게 될까요.

　다시 친구 P의 축하 모임 이야기. 그 자리에서 '호랭이 눈물'이라는 술을 보게 되었습니다. 술맛을 모르는 편이어서 구체적인 설명이 어렵지만, 희미한 과일향이 스쳐 지나갔습니다. 대상 자체보다 이름에 이끌렸다고 할까요. 나중에 제품명을 검색하다 어느 주류 판매 사이트에서 해당 제품을 발견했는데요. 곶감으로 유명한 한 지역의 홍시를 정제하고 위스키용 오크통에 1년 이상 숙성해 만든 브랜디라고 나와 있었습니다.

　그런데 아쉽게도 품절. 한 가지 흥미로운 것은 품절 표시를 '술 빚는 중이에요'라고 써 놓았더군요. 이토록 그윽한 기다림이 주어진다면 방해하지 않겠습니다. 시간을 마음껏 누리십시오. 사이트 이곳저곳을 찾아봤지만 호랭이 눈물이라는 제품명에 대한 별도의 설명은 보이지 않았습니다.

다만 호랑이 관련 설화 등에서 모티프를 가져왔을 거라는 추측을 해 봅니다. 대표적인 두 서사로는 먼저 남매의 지극한 효심에 감동한 호랑이의 눈물이 있습니다. 다음으로 곶감을 자기보다 무서운 존재로 착각하고 도망가는 호랑이의 눈물이 있습니다. 감동과 두려움 그리고 그 사이 어디쯤 호랑이의 눈물이 있겠지요.

잘 알려져 있듯 '호랭이'는 '호랑이'의 방언입니다. 어쩐지 호랭이라고 발음하면 어슬렁어슬렁거리는 근육의 움직임이 더 느껴진다고 할까요. 서늘한 호랑이 기운이 무색하게 춘곤증이 몰려오는 것만 같습니다. 누군가 춘곤증을 못 이겨 낮잠에 빠져 있을 것 같은 시간인데요. 이날 시인의 시「오수」를 함께 읽어 보겠습니다.

낮잠을 자고 일어났을 때
대책 없이 슬프고 허무함이 생긴다면
잠의 호랑이가 당신의 삶 일부를 물어갔기 때문이다

당신의 친구를, 잊지 말아야 했을 추억을, 다가올 미래에 대한 약속을

잠의 호랑이는 천장을 거꾸로 밟고 어슬렁어슬렁

거멓게 기어 와서는 목을 늘어뜨려

당신의 삶 일부를 물어뜯는다

누군가는 놀라서 깨기도 하지만

대부분은 그대로 곤히 잠들어 있다가

필요한 잠을 다 채우고 나서야 깨어난다

어린아이가 잠에서 깨어나 엄마부터 찾는 이유는

잠의 호랑이를 느낄만큼 예민한 나이이기 때문

별로 물어갈 만한 삶이 없는 아이의 곁에서

호랑이는 위협적으로 으르렁거리다 사라지곤 하는데

그건 그저 호랑이의 유희일 뿐이다

오후 세 시,

당신의 낮잠에서 깨어나 한동안 멍하니 앉아 있다

순간 자신이 몇 살인지 잊고 울면서 엄마를 찾을 뻔했으나

금세 어른의 시간에 놓여 있는 자신을 알아챈다

당신이 베어 물린 게 어느 부분인지

아무리 떠올리려 해도 생각나지는 않는다
당신은 저녁의 거리를 걷다가, 어제까지 함께 웃으며 얘기했던
친구나 연인을 전혀 알아보지 못하고 스쳐갈 것이다
어깨를 부딪치고는 짜증낼지도 모르지

이것이 당신이 오늘 쓸쓸함을 느낀 이유다
그렇게 잊혀진 친구나 연인은 살아 있기나 한 걸까
그들은 살아 있을 것 같다 그러나
이제 그것이 당신과 무슨 상관이겠는가

잠의 호랑이는 사람을 점점 허공에 가둔다
당신은 낮잠에서 깨어났을 때의 불쾌감 때문에
다시는 낮에 잠들지 않겠다고 결심하기도 하지만

나날은 결심을 잊게 하고 낮은 매일같이 길다
오후 두 시,
당신이 꾸벅꾸벅 고개를 떨굴 때
방의 모서리에서 어둠이 고인다

-「오수」 전문

그런 경험 종종 있으시지요. 낮잠에서 깨어난 순간, 지금이 어느 시간대인지 도무지 알 수 없을 때 말입니다. 아침인 듯 저녁인 듯 시간이 뒤엉킨 것 같은 순간이지요. 때로는 공간마저 흐릿해져 여기가 어디인지 어리둥절한 채로 주변을 살핀 경험 있으시지요. 가령 떠다니는 먼지들을 아득하게 바라보거나 벽지의 무늬 속으로 스며들 것만 같은 느낌 말입니다.

더욱이 시공간이 어긋난 것 같은 그 순간, 아무런 이유 없이 희미한 슬픔이 밀려오는 것은 왜 일까요. 그 이유에 대해 시적 주체는 이렇게 말하고 있습니다. '잠의 호랑이'가 삶의 일부를 물어 갔기 때문이라고요. 무슨 이야기를 하고 싶은 걸까요. 잠의 호랑이는 과연 어떤 존재이고, 그는 왜 갑자기 나타나 일상의 흐름을 깨뜨리는 것인지 궁금하기만 합니다.

기억에 있어서 유지와 삭제 기능이 원활한 편이신가요. 인간은 왜 잊지 않아야 하는 것은 잘 잊고, 잊어도 되는 혹은 잊어버려야 하는 일은 그토록 오래 기억하는 것일까요. 그럼에도 불구하고 소중한 것들의 목록에 어떤 단어들을 채워 넣고 싶으신가요. 그런데 잠의 호랑이가 천장을 거꾸로 밟고 어슬렁어슬렁 기어 온다면 속수무책입니다. 순식간에 목을 늘어뜨린 호랑이가 삶의 일부를 물어뜯게 될 테니까요. 시의 전언에 따르면 한 사람의 삶의 일부는 친구와 추억과 미래에 대한 약속으로 구성되어 있다고 합니다. 이 순간 떠오르는 친구, 추억, 미래, 약속이 있으신가요. 너무 많기도 혹은 너무 적기도 한 느낌입니다만.

친구나 연인을 스쳐 지나가다

잠의 호랑이가 삶의 일부를 물어뜯을 때 누군가는 놀라서 깨기도 할 겁니다. 그러나 대부분은 그 상황을 바로 인지하지 못합니다. 얼마간의 시차를 두고 잠에서 깨어난 후 알아차리게 되지요. 대개 아이들은 잠에서 깨어나기 직전 울음을 터뜨립니다. 시적 주체는 그 이유에 대해 예민한 감각을 통해 잠의 호랑이의 기운을 금세 느끼기 때문이라고 말합니다.

어쩌면 아이들은 아직 친구와 추억과 미래에 대한 약속이 없어서 그렇게 해맑은 표정을 지을 수 있는 것이겠지요. 반대로 어른인 우리가 낮잠에서 깨어나 한동안 멍하니 앉아 있는 것은 다 이유가 있었던 모양입니다. 나이를 헤아릴 새도 없이 다 자란 어른이 된 자신을 알아챘기 때문입니다. 어떤 알아차림은 슬프지만 반드시 감당해야 할 몫일 것.

이어서 시적 주체가 더 강조하고 있는 측면은 다음과 같습니다. 어른이 된 우리가 잠의 호랑이에게 베어 물린 게 어느 부분인지 아무리 떠올리려 해도 생각나지 않는 것. 질문을 밀어 둔 우리는 저녁의 거리를 걷다가 친구나 연인을 알아보지 못하고 스쳐 갈지도 모릅니다. 어젯밤 통화를 마치며 자세한 건 내일 만나서 이야기하자, 다정하게 약속한 사이임에도 불구하고 말입니다.

새삼 놀랍습니다. 잠의 호랑이에게 베어 물린 이후 소중한 것들을 잃게 되는, 혹은 잊게 되는 형벌을 받게 된 것이지요. 무심히 지나가는 것이 아닌 서로의 어깨를 부딪쳤는데도 지나치는 장면을 떠올리면 안타까워집니다. 죄송하다는 인사를 흘리듯이 건네고 지나치는 장면 말이지요. 그 프레임에서 벗어나는 순간 더 이상 기억나지 않는 얼굴일 텐데요.

친절한 설명이 이어집니다. 바로 이러한 상황이 우리가 오늘 쓸쓸함을 느낀 이유라는 것입니다. 생각해 보면 과거의 친구나 연인은 과연 살아 있는 것일까, 아니면…… 연락이 끊어졌을 뿐 어딘가에 살아 있다고 해도 상관없는 관계가 된 것이지요. 상관없다는 말은 그만큼 멀어졌다는 뜻이 되겠습니다. 우리의 인생 바깥에 위치한다는 사실.

가끔은 거짓말처럼 소중했던 이들의 이름과 얼굴이 매치되지 않을 때 당황스러움을 느낍니다. 한때 소중했던 인물들의 목록이 점점 길어집니다. 어쩌면 삶이란 그 목록이 길어지는 이유를 애써 묻지 않게 되는 나날인지도 모르겠습니다. 희미한 것은 희미한 그대로 지켜볼 줄 아는 태도.

낮잠에 들지 않도록 노력하는 편이신가요. 시적 주체는 깨어난 후의 이러한 감정 때문에 낮잠에 들지 않으려고 노력하고 있지만, 어디 그게 마음대로 되는 일일까요. 그는 나날이 지날수록 결심은 희미해지고 매일같이 돌아오는 낮이 길다고 토로합니다. 누군가 꾸벅꾸벅 졸 때 이미 방의 모서리에서는 어둠이 고이고 있습니다. 이는 곧 잠의 호랑이가 나타날 것이라는 전조. 시는 마지막까지 잠의 호랑이가 금세 삶의 일부를 물어 갈 것 같은 서늘함으로 가득합니다. 그와 더

불어 이 봄 호랭이의 눈물이 잦을 것 같은 예감.

정치와 호랑이라니

그런가 하면 뜻밖의 호랑이와 정치 이야기도 흥미롭습니다. 한 사상가가 수레를 타고 몇 사람의 제자와 길을 가고 있었습니다. 깊은 산속을 지날 때 정적을 깨고 여인의 울음소리가 들렸다고 합니다. 그는 이를 기이하게 여겨 울음소리에 귀를 기울였습니다. 소리가 나는 쪽으로 가서 보니 한 여인이 길가에 있는 초라한 무덤들 앞에서 울고 있었습니다. 그 울음소리가 슬프기 그지없었는데요. 그냥 지나칠 수 없었던 그는 인사를 한 후 제자를 통해 연유를 물어보았습니다.

여인은 산중 호랑이가 시아버님, 남편, 아들을 순서대로 해친 사실을 들려주었습니다. 대답을 들은 사상가는 왜 다른 곳으로 떠나지 않았는지 물었습니다. 위험을 피하면 될 일인데 참 안타깝다고 생각하면서 말입니다. 여인은 뜻밖의 대답을 들려주었습니다. 산중이 아닌 지역은 세금을 내지 않으면 살아갈 수가 없기 때문에 그랬다는 것입니다. 호랑이가 두렵지만 형편이 어려워서 이곳을 떠나지 못했다는 상황.

　놀란 사상가는 이 말을 듣고 깊이 느끼는 바가 있어 제자들에게 말했습니다. 가혹한 정치는 호랑이보다 무서운 것임을 새겨들어야 한다고 말이지요. 어쩌면 잠의 호랑이나 사람을 해치는 호랑이의 공통점은 인간에게 소중한 것을 빼앗아 간다는 것이겠지요. 그런데 이러한 상황이 옛이야기에 국한된 것이 아니라는 사실이 더 중요하겠습니다. 뉴스를 함부로 클릭하기가 두렵다는 사람들이 많지요. 때로 그보다 더 자주.

　한 저널리스트는 당신을 진정으로 슬픔에 빠뜨릴 수 있는 죽음의 경우를 전부 기록해 보자고 제안한 바 있습니다. 세상에서 제일 슬픈 기록일 것 같은데요. 대다수 사람에게서 나온 대답의 평균적인 인원은 12명 정도였다고 합니다. 심리학자들은 이를 '공감 집단'이라고 지칭했는데요. 이 집단은 친밀한 관계로 정서적 교류가 이어지는 대상들이라고 할 수 있습니다. 기쁨 혹은 슬픔을 아우르는, 모두의 공감 집단이 잠의 호랑이이로부터 안전하기를 기도해 봅니다. 오늘도 안녕하셨습니까, 우리.

반짝반짝 빛나는 친구 P는 올해 목표를 묻는 누군가의 질문에 다음과 같이 대답했습니다. 예의 그 충만한 표정을 지으며 말이지요. 아무도 관심을 기울이지 않는 일들에 의미를 부여할 거라고 했습니다. 가령 오늘 하루도 씩씩하게 잘 살아 낸 소중한 이에게 축하의 마음을 전할 거라고. 부지런히 축하하고 축하받는 시간으로 꽉꽉 채울 거라고, 호랭이 눈물을 축하주 삼아.

×

미래에 진심인 편

아이스크림 취향 공유

연일 기온이 상승하고 있습니다. 아이스크림 취향이 궁금한데 공유 가능할까요. 혹시 민트초코 좋아하시나요. 민트와 초코에 대한 각각의 애정이 1+1 되어 기쁨이 배가 됩니다. 민트초코를 좋아하는 사람들이라는 뜻의 민초단. 그리고 그 대척점에 있는 반민초단의 대결이 한참 이루어진 적이 있었지요.

얼마간 재미를 위한 대결이었지만, 질문이 오가는 나름의 상황에서는 꽤나 진지했던 것 같아 웃음 지어집니다. 이제는 다양한 미각을 존중하는 사회로 지향점이 점차 이동하고 있는 것 같아요. 민초단이냐 반민초단이냐보다 더 중요한 것은 개별적 선택과 그 선택을 누리는 시간에 대한 존중이기 때문이겠지요. 타인의 취향을 궁금해하는 건 존중이라는 더 큰 기쁨을 위한 준비 단계이니까요.

그러한 측면에서 감수성의 외연이 계속 확장되고 있는 듯합니다. 감수성은 외부 세계의 자극을 받아들이고 느끼는 성질이라는 뜻이지요. 예전에는 미적 감수성, 문학적 감수성처럼 예술 분야에 조금 더 익숙하게 사용되곤 했습니다. 최근의 감수성은 매우 다양한 차원에서 쓰이는 것 같습니다.

특정 이슈 때마다 언급량이 상승하는 패턴의 감수성들도 있습니다. 언어 감수성, 환경 감수성, 인권 감수성, 성인지 감수성, 젠더 감수성 등은 꾸준히 언급되고 있는 추세라고 합니다. 이러한 항목들은 활발한 사회적 논의가 필요한 주제라는 공통점을 가지고 있다고 볼 수 있습니다.

이처럼 다양한 감수성 중에서도 '언어 감수성'은 조금 특수합니다. 여타의 다양한 감수성과는 달리 언어 감수성은 언어라는 구체적인 단어 자체를 지칭하는 것이 아니기 때문이지요. 인권, 성인지, 젠더 등을 표현하는 방식으로서 언어를 말하는 것인데요. 모든 감수성에 대한 이슈는 언어로 표현됩니다. 해당 맥락에서 공동체가 다양성이라는 화두에 어떻게 접근하고 있는지 궁금해지는 요즘인데요. 무의식중에 약자를 배제하거나 차별할 가능성이 있는 언어들을 보다 섬세하게 살피려는 시선들이 늘어나고 있습니다.

언어 감수성이라는 지표

이 과정에서 언어 감수성에 대한 관심이 점차 커지게 되었지요. 공공기관의 사례를 살펴볼까요. 몇 해 전 서울의 한 지역구에서 '경력 단절 여성'을 '경력 보유 여성'으로 바꾸어 부르는 관련 조례를 만들었습니다. 경력 단절이란 사실 경력을 보유했다는 이력이 전제되어 있습니다.

그런데도 다시 그 경력을 이어 갈 수 있다는 가능성을 느끼기가 쉽지 않습니다. 경력이 끊겼다는 뜻의 불가능성이 강조된 표현이기 때문입니다. 이와 같이 보유와 단절은 서로 다른 인상을 전달합니다. 이러한 언어 사용은 사회 구성원들의 (무)의식에 광범위한 영향을 미치지 않을까요. 그보다 중요한 것은 잠재성을 능력으로 만들어 내는 사회적 협업일 것입니다.

그런데 이러한 행보가 담론을 형성하는 데 절대적인 역할을 하는 것은 아닙니다. 구성원들의 인식 변화가 반영되었다고 보는 편이 맞지 않을까요. 그리고 여기에 중요한 사회적 함의와 지속가능한 영향력이 있다고 봅니다. 이 사례는 우리가 어떤 대상이나 집단을 가리킬 때, 보다 섬세하게 고려해야 할 입장과 초점의 방향성을 생각하게 도와줍니다. 긍정과 부정이라는 판단에는 가치 평가가 수반되기 때문이지요.

앞으로 다양성, 형평성, 포용성에 대한 논의가 지속적으로 확장될 것이라고 전망하는 이들이 많습니다. 그 중심에 언어 감수성이라는 지표가 자리하겠지요. 이러한 담론을 예민함의 결과로만 치부하지 않았으면 해요. 그보다는 동시대인들이 만들어 가고자 하는 새로운 규범이자 기준으로 바라보면 좋겠습니다.

우리의 청량을 완성하려면

아이스크림에 대한 취향, 언어 감수성, 경력 보유까지 다양한 키워드들을 지나 왔는데요. 개별적 주체로서의 사회 구성원은 맥락적 상황에 따라 언제든 소수의 위치에 자리할 수 있습니다. 직간접적으로 모든 이해관계가 얽혀 있기 때문이지요. 다수에 속해 있다가 소수가 될 수 있고 소수였다가 다수에 편입하게 되는 순간이 있습니다. 주류와 비주류도 마찬가지이겠지요.

이를테면 스포츠 세계에서의 인기 종목과 비인기 종목의 경우처럼 말입니다. 사람들의 관심도에 따라 범위의 항목이 달라지기 때문에 그렇습니다. 여러 스포츠 종목들이 떠오릅니다. 스포츠 정신과 인기라는 두 항의 거리가 다소 느껴지네요. 이러한 내용을 토대로 시 한 편 함께 나눌까요. 고명재 시인의 「비인기 종목에 진심인 편」입니다.

혹시 민트초코를 좋아하십니까 짙푸른
허브의 입술이 궁금하다면
파랗게 키스하자 젊은 허들아

어금니에 박힌 초콜릿 조각을 함께 녹이며

우리는 우리의 청량(淸涼)을 완성합니다

가라테란 외로운 종목입니다 한국에선 더욱

고요합니다

거울을 보며 척추를 혼자 교정하면서

대쪽 같은 품새를 익혔다고요

결국 그는 동메달 결정전에서 떨어집니다

개운하다는 듯이 수건에 얼굴을 씻으며

코를 박고 혼자 오래 울었습니다

아무도 읽지 않는 세계가 존재하여서

그 빛에 기대 대나무가 솟았습니다

오이와 가지의 식감에 찬성합니다

근대문학의 종언에 반대합니다

통폐합된 학과를 계속 다닐 겁니다

혼잣말을 열심히 중얼거릴 때

언어가 횡횡, 손끝은 창백해지고

혹시 역기(力器)만큼 시도 무겁습니까

허벅지가 터지도록 페달을 밟았죠

혹한처럼 논문을 넘겼습니다

복근이 찢겨도 앞으로 미래로 스파이크를

극단(極端) 위에 선 채로 팔을 벌리면

팽팽하게 일어서는 근육의 무지개

아주 오랫동안 장미를 들여다보았죠

외롭고 춥고 스스로 찢고 홀로 빛나고

마루를 탕탕 울리며 우린 발바닥을 뒤집어

아, 시원하다 집과 논을 엎어버릴 때

그렇게 섬처럼, 점처럼, 꿈처럼

숨과 목처럼

단 하나를 향하여 끝을 살면서

꽃이 피든 안 피든 사랑하여서

우리는 우리의 허파에 진심입니다

                    ─「비인기 종목에 진심인 편」 전문

시는 질문과 권유로 출발됩니다. 1연에서 혹시 민트초코를 좋아하는지에 대한 질문. 좋아할 수도 있고 그 반대일 수도 있으니까요. 여기서 민트초코는 청량을 위한 준비 단계에 해당되지요. 그보다 더 중요한 청유형 문장은 다음과 같습니다. "파랗게 키스하자 젊은 혀들아"라는 문장입니다. 이 문장을 수행하기 위해서는 일련의 전제가 필요할 듯싶습니다. 시적 주체인 '나'와 '너'의 푸름이 모여야지만 '우리'의 청량이 완성될 거라는 믿음 말입니다. 그러니 이 시는 관계성에 대한 이야기인 것 같군요.

이어지는 2연과 3연에서는 스포츠 분야로 넘어갑니다. 가라테는 신체 각 부위만을 이용하여 상대방의 공격을 방어하는 동시에 제압하는 무술이라고 알려져 있지요. 무기를 사용하지 않고 자신을 지키는 무술인 것인데요. 안타깝게도 외로운 종목, 즉 비인기 종목이라고 합니다. 관심을 가진 이가 드문 종목인 것. 시적 주체는 고독하고 긴 수련 끝에 품새를 익혔습니다.

하지만 그는 안타깝게도 동메달 결정전에서 떨어지고 맙니다. 경기를 마치고 개운하다는 듯이 씻었지만, 코를 박고 혼자 오래 울었다고 고백하고 있습니다. 비인기 종목이라는 이유로 그가 자리한 세계는 아무도 읽지 않는 세계. 즉 텅 빈 세계로 존재합니다. 그러나 누군가 지켜보지 않아도 대쪽 같은 품새를 익혔고, 그 빛에 기대 대나무가 솟아났다면 절반은 성공한 셈이지 않을까요.

외롭고 춥고 홀로 빛나는

4연에서는 식감, 문학, 대학에 관한 이야기가 펼쳐집니다. 다소 물컹이는 가지의 식감은 경우에 따라 호불호가 구분됩니다. 진술과 같이 근대문학의 종언에 끝내 반대하는 이들이 있기 때문에 누군가는 아직 쓰고 누군가는 아직 읽습니다. 대학의 효율적인 운영과 관련하여 통폐합된 학과들이 늘어나고 있습니다. 그럼에도 불구하고 계속 멈추지 않을 거라는 목소리. 이러한 목소리들은 혼잣말과 선언 사이에 자리합니다. 알아주지 않아도 나아갈 거라는 포부 자체는 굳건합니다.

그러나 그 목소리의 반향이 멀리 가지 못하는 이유는 무엇일까요. 진정성을 담기에 언어는 성글고 손끝이 벌써 창백해지고 있기 때문이지요. 거기에 더해 역기와 시만큼 한 사람의 삶의 무게는 무겁습니다. 만약 당면과제를 처리해야 하는 상황이라면 매일의 중력은 더 무겁게 느껴집니다. 그럼에도 미래로 나아가기 위한 스파이크를 시도해야 하는 이유는 다음과 같습니다. 그래야만 '근육의 무지개'를 볼 수 있기 때문입니다. 무지개 너머의 너머를 꿈꾸며.

이제 시는 천천히 마무리 됩니다. 시적 주체는 아주 오랫동안 장미를 들여다보았다고 고백하고 있는데요. 장미뿐만 아니라 "외롭고 춥고 스스로 찢고 홀로 빛나고" 있는 것들에 대해 말이지요. 일찍이 시인 백석이 "외롭고 높고 쓸쓸한"(「흰 바람벽이 있어」) 존재들을 기린 것과 같이. 이러한 오마주는 언제나 반갑고 근사합니다.

우리는 저마다의 내면을 투영하여 단 하나를 향한 '진심'을 떠올리고 있습니다. 눈부시게 피어난 인생만이 축복받을 수 있다면 삶은 오히려 불온해질 것입니다. 각자의 꽃핌에 대한 진심이 있어야 하지 않을까요. 포기할 수 없는 하나뿐인 목숨에 대해, 우리라는 목숨에 대해 말입니다.

무엇보다 미래에 진심인 편인 우리. 과연 어느 여름, 아이스크림을 나눠 먹으며 나누게 될 비밀스러운 이야기들. 서로 좋아하는 시구절을 들려줄 밤의 목소리들은 다 어디에 숨어 있을까. 여름이었다, 라는 짧은 문장에 이미 수많은 여름이 담겨 있을 텐데. 있을 것만 같은데.

2부

가까운
미래라면
좋겠어

×

해맑게 돌아오는 리턴콕처럼

배드민턴과 행복의 상관관계

여름이 한창입니다. 최근 배드민턴 '리턴콕'을 선물받았습니다. 언젠가 친구 L에게 장마가 와서 배드민턴 치기가 어렵다고 지나가듯 말한 적이 있습니다. 그 말을 기억한 친구의 다정한 선물인 것이지요. 건강은 건강할 때 챙겨야 한다는 진리를 강조하며 건넨 선물. 리턴콕, 천장에 줄을 매달아 부착한 공은 쳐 내기만 하면 바로 제자리로 다시 돌아옵니다. 상품명 그대로 상황에 구애받지 않는 최적의 아이템인 것. 놓치는 경우는 있어도 금세 다시 제자리로 돌아옵니다. 떨어진 공을 줍기 위해 몸을 숙일 필요가 없는 것이지요.

사실 처음에는 허공에 떠 있는 셔틀콕을 치는 것조차 쉽지 않았습니다. 대략 일주일 넘게 라켓이 날아오는 셔틀콕 대신 허공을 가르는 일이 많았지요. 그 모습이 우스꽝스러워 웃음이 터지고는 했습니다. 이제는 점점 익숙해져 생활의 일부가 되고 있습니다. 물론 눈부시게 투명하고 바람도 없는 날, 야외에서 치는 배드민턴의 기쁨에 비하지는 못하지만 말입니다. 이제 기상 상황과 관계없이 운동을 할 수 있어서 좋아요. 친구의 응원이 있는 한, 리턴콕이 있는 한. 종종 배드민턴과 행복의 상관관계를 떠올릴 때가 있습니다.

무거운 이야기를 드리자면, 언젠가 몇 번 안면이 있을 뿐인 한 분이 스스로 생을 마감했다는 소식을 들었습니다. 눈이 크고 선한 인상의……. 그분에 대해 전혀 아는 바가 없었는데 소식을 듣는 순간 갑자기 배드민턴이 떠올랐습니다. 돌이킬 수 없겠지만 배드민턴에 취미를 붙였으면 참 좋았을 텐데 조금이라도 견디기 수월했을지도 모르는 일인데, 하며 근거 없는 아쉬움을 느꼈습니다. 물론 타인이 처한 상황을 함부로 추측해서는 안 된다는 걸 잘 알고 있습니다. 스스로 생을 마감할 만큼의 심각한 문제가 배드민턴으로 해결될 리 없으니 말입니다.

그럼에도 미련은 꼬리에 꼬리를 물었습니다. 만약 당장 문제를 해결할 수 있는 방법이나 할 수 있는 노력이 없다면 어떻게 해야 할까. 하루 30분이라도 배드민턴을 치며 상황이 더 나아지기를 기다렸다면 어땠을까. 그 상황과 조금 거리를 두는 일상에 기대어 말이지요. 사실 무력한 대안일 수 있습니다. 밑도 끝도 없이 배드민턴이라니. 끝내 그 인과성은 성립되지 않았습니다. 문득 배드민턴을 떠올린 건 왜일까요. 아마도 삶을 이어 나가기 위한 최소한의 장치이자, 한숨 돌리는 시간의 필요성에서 비롯된 게 아니었나 싶습니다. 안타까운 마음과 함께.

강요된 선택은 아닐까

행복에 집착할 필요는 없지만 삶을 누린다는 건 과연 무엇일까요. 삶에 대한 만족도는 내부와 외부 상황의 적절한 조화와 균형에서 비롯될 것입니다. 신조어인 프리터(Freeter)는

free와 arbeiter를 합성해 만든 말이지요. 단기 고용 즉 아르바이트만으로 생계를 이어 간다는 뜻입니다. 취업에 실패해서 어쩔 수 없이 아르바이트만 하는 경우도 프리터에 해당된다고 합니다. 하지만 조직 생활에 얽매이지 않고 최소한의 생계 활동만 하며 취미나 문화생활을 즐기는 것도 프리터인 것이지요.

후자 중에는 정규직 일자리를 가질 기회가 있어도 스스로 프리터의 삶을 택해 살아가는 경우도 있습니다. 이러한 경우는 매우 드문 비율일 것입니다. 한편 기회 균등의 문제나 당위성, 그리고 무엇보다 직업에 대한 인식의 변화에서 비롯된 현상이라고 보는 관점도 있습니다.

경제적 관점에서 볼 때 경기가 좋든 그렇지 않든 프리터는 존재한다고 합니다. 경기가 좋지 않으면 비자발적 프리터가, 반대의 경우에는 자발적 프리터가 늘어날 가능성이 크기 때문인 것이지요. 긴 불황을 겪은 국가에는 여전히 프리터가 많습니다. 그만큼 강요된 선택일 가능성이 자리합니다. 당장의 생계를 위해 불가피하게 아르바이트를 선택한 것일 수도 있기 때문입니다. 그러나 장기적인 계획을 세우는 데 한계가 있겠지요. 특히 경제적 문제나 건강에 변수가 발생했을 경우 즉각적인 대응이 어려울 수도 있다는 점에서 더 그렇습니다.

비교적 취약 계층이 될 가능성이 있고 경기 침체 상황에서는 더 큰 타격을 받을 가능성 역시 적지 않습니다. 삶의 만족도 역시 제한적으로 충족될 수밖에 없겠지요. 사회 구조의 복합적인 요인들을 논하는 일도 쉽지 않습니다. 나아가 누군가의 행복과 불행을 함부로 이야기할 수도 없다는 걸 잘 압니다. 그럼에도 불구하고 모든 이의 시간은 소중하기에.

어떤 희망사항에 대해

어렵지 않게 추측할 수 있듯이 자발적 프리터보다 비자발적 프리터가 훨씬 많은 비율을 보인다고 합니다. 취업이 어려워 차선책으로 아르바이트를 하는 것입니다. 충분한 여건을 갖추고 있음에도 불구하고 아르바이트만 하면서 취미와 여가를 누리겠다는 자발적 프리터는 소수입니다. 취업하기 전까지 임시로 생계를 유지하기 위해 프리터로 사는 이들이 가장 높은 비중을 차지한다고 하지요. 그다음은 취업을 포기하고 프리터의 삶을 불가피하게 받아들인 이들일 것입니다.

　다시 돌아오지 않을 눈부신 날들이 빠르게 흘러간다는 건 아무래도 안타까운 일. 여기저기서 사회적 이해와 정책적 지원이 절실하게 필요하다는 목소리가 들려옵니다. 이제 구직자는 임금 조건만으로 취업을 결정하지 않습니다. 경제적 보상도 중요하지만 업무 방식, 조직 분화의 효율성 등 역시 중요한 사항으로 떠오른 것인데요.

　말하자면 그 이유는 업무 환경 내에서 '성장'하기 위해서입니다. 성장만을 맹목적으로 쫓는 것이 아니라 잠재성을 실력으로 바꾸는 과정인 것이지요. 이는 보편적 구직 문화의 형성으로 이어지는 중인 것 같습니다. 관련하여 여기 고선경 시인의 「돈이 많았으면 좋겠지」라는 솔직한 제목을 가진 시가 있습니다.

　　담배는 끊었으면 좋겠고
　　카페에서 아이스커피를 사 먹고 싶지 가끔은
　　친구들에게 꽃이나 향수를 선물하고 싶어

오늘은 재료 소진으로 일찍 마감합니다

팻말을 본 사람들이 아쉬워할 때

나는 그 가게의 주인이 되고 싶지

매일이 소진의 나날인데

나를 찾아오는 발길은 드물지

돈을 많이 벌고 싶지

사랑도 하고 싶은데 잘하고 싶은 거지

나를 구성하는 재료의 빛깔과 질감

누가 좀 만져줬으면 좋겠어

옷장 속에서 남몰래 축축해질 때도

누가 나를 꺼내 좀 털어줬으면

모처럼 단잠에 빠졌다가 영원히 깨어나지 않는

그런 걸 소망이라고 말하는 사람이 내 주변엔 많다

어제나 오늘로 충분한 게 아니고

내일이 과분해서

그런데 사랑은 해야겠지

얼마나 정직할 수 있을까 돈과 노동과 사랑 앞에서
정직한가 돈과 노동과 사랑은

만져지지 않는 부위가 만져지기를 바라는
그런 걸 소망이라고 말하는 사람이 바로 나인 것

슈퍼에 가면 불빛 반지라고 적힌 사탕을
오래도록 바라보는 한 아이가 있다

손가락 위에서 달콤하게 빛나는
내일이라는 약속이 필요한 거지 우리는

-「돈이 많았으면 좋겠지」 전문

돈이 많기를 바라는 상황은 당연하게도 돈이 많지 않기 때
문일 것입니다. 어떤 희망사항을 갖는다는 것. 문득 버킷 리

스트(Bucket List)가 떠올랐는데요. 죽기 전에 꼭 해 보고 싶은 일을 정리한 목록을 의미하지요. 의외롭게도 기원은 중세 시대 유럽으로 거슬러 올라갑니다. 처형 과정에서 발로 딛고 있던 양동이를 걷어찬다는 의미의 'Kick the Bucket'에서 유래되었다고 합니다. 간수는 이때 죄수의 마지막 소원을 들어 주기도 했다는데요. 기원을 알고 나니 더 안타깝게 느껴지는 버킷 리스트. 현대인이 얼마나 바쁘고 여유가 없으면, 죽기 전이라는 특수한 상황을 전제하고 꼭 한 번쯤 해 보고 싶은 것들을 목록화하는 것일까요. 아득해지는 오후.

꽃이나 향수를 선물하고 싶어

문득 세계 여행, 100억 기부하기, 장학재단 설립하기, 모두에게 개방되는 도서관 짓기 등의 항목이 떠오릅니다. 그런데 많은 이들의 버킷 리스트는 너무 일상적이어서 놀라움을 전합니다. 불가능한 일들이 아님에도 불구하고 대부분 현실적인 여건이나 여유가 되지 않아 못 하는 일들인 것이지요. 아마도 오래 꿈꿔 왔던 곳으로의 여행이 가장 많은 비중을 차지할 것 같은데요. 혹은 텅 빈 극장에서 조조영화 보기, 한낮의 공원 산책하기 등. 특별하지는 않지만 누구의 방해도 받지 않는, 업무 연락에 응하지 않아도 되는 혼자만의 시간을 원하는 것이라고 볼 수 있습니다.

시간을 조금 더 낼 수 있다면 졸업한 초등학교 운동장에 가서 어린 나 만나기. 키가 자란 걸까, 운동장이 작아진 걸까 고개를 갸우뚱하면서 말이지요. 무심했던 지난날을 반성하며 소중한 이들에게 연락하기 등등. 꼭 이뤄지기를 바란다는 응원의 마음을 전하기 전에 희미한 슬픔이 지나가는 것도 같습니다.

시적 주체는 제목에서와 같이 돈이 많았으면 좋겠지, 라는 바람을 가지고 있습니다. 그는 버킷 리스트라기에는 소소한, 그러나 쉽게 이룰 수 없는 희망사항에 대해 담담하게 말합니다. 대단한 의지가 필요한 일이라고 하는 금연에 성공하기를 바란다는 것. 그리고 자신이 좋아하는 카페에 가서 아이스커피를 즐기는 일상을 말이지요. 뿐만 아니라 축하할 일이 있는 친구들에게 고민하지 않고 꽃이나 향수를 선물하는 기쁨을 누리고 싶어 합니다.

그냥 넘어갈까, 라고 고민하지 않고 너무 늦지 않은 때에 마음을 전하고 싶은 것이지요. 여기서 포인트는 '가끔은'이라는 시간적 간격의 전제인데요. 자주는 아니어도 경제적 상황에 구애받지 않는다는 것. 즉 받는 이의 취향을 섬세하게 고려하여 부담스럽지 않는 선물을 고를 수 있는 상황을 뜻합니다. 그는 때를 놓치지 않고 마음을 전하는 일이 얼마나 중요한 것인지 알고 있는 것일까요.

혹시 다이어리에 꼭 먹어 보고 싶은 식사 메뉴나 디저트 등을 적어 놓는 편이신가요. 거창한 맛보다도 그 경험적 여유를 누리고 싶은 건 아닌지 모르겠습니다. 시간을 내어 일부러 찾아갔는데 재료 소진으로 일찍 마감한다는 팻말을 마주한 적 있을 겁니다. 아쉬워하는 사람과 아쉽지만 어쩔 수 없다고 말하는 사람의 입장 차이. 언제 또 시간을 낼 수 있을지 모르겠지만 발길을 돌릴 수밖에 없지요.

너무 소소해서 안타까운 버킷 리스트를 지우는 것조차 쉽지가 않습니다. 소소하지만 확실한 행복도 언제나 누릴 수 있는 것이 아니기 때문이지요. 여기에서 나아가 잘되는 집은 다르구나, 하며 팻말을 본 사람들이 아쉬워하는 모습을 볼 때면 다음과 같은 희망사항을 떠올리겠지요. 시적 주체와 같이 그 가게의 주인이 되고 싶다고 말입니다. 그는 왜 내가 아닌가. 그렇습니다. 누구도 다른 사람일 수는 없습니다.

주특기, 사랑

어쩌면 우리 삶은 채워지는 것만큼 소진되는 역사의 기록인지도 모르겠습니다. 생명을 시간을 기억을 말이지요. 시적 주체는 묻고 있습니다. 왜 자신을 찾아오는 발길은 드문 것일까. 그는 점점 소진되고 있는데 말이지요. 처해진 상황이 불가피하다면 어떻게 삶을 누릴 수 있을까 고민하게 됩니다. 하나의 수단이 될 수도 있기 때문에 돈을 많이 벌고 싶다고 말합니다. 돈을 갖기 위해서라기보다는 수단으로 말이지요.

이어서 타자와의 상호작용에 대한 이야기도 펼쳐집니다. 사랑도 하고 싶다고요. 가능하면 잘하고 싶은 마음도 내비칩니다. 주특기란에 사랑이라고 쓰고 싶은 것인지도 모르겠군요. 그렇게만 된다면 축축한 과거 따위는 잊어버리고 금세 보송해져 하루를 다시 산뜻하게 시작할 수 있을 것 같은 마음으로. 마치 긴 장마 끝에 찾아온 눈부신 햇살과 같이. 그 눈부심이 아까워 무엇이라도 그 빛 아래 놓아 주고 싶은 그런 느낌을 상상하는 것이지요.

그러나 상황은 여의치가 않습니다. '영원히 깨어나지 않음'을 소망이라고 말하는 사람이 자신의 주변에 많다는 문장이 이를 증명합니다. 영원히 깨어나지 않는 건 죽음을 뜻할 텐데요. 왜 소망이 되어 버린 걸까요. 과거가 충만하거나 오늘이 충분해서가 아니라, 다가올 내일이 과분해서 힘이 드는 것이라고 그 이유를 들려줍니다.

시상식 주인공의 수상소감에서 들을 수 있는 과분한 사랑을 받았다는 맥락이 아닌 것입니다. 저절로 살아지는 것이 아닌, 살아 내야 하는 내일이 과분하다는 표현이겠지요. 그만큼의 역할과 책임이 무겁기 때문이겠지요. 더욱이 삶을 온전히 누리지 못하고 있다는 뜻이기도 하겠지요. 물론 삶을 누리다, 라는 문장은 매우 광범위하고 상대적입니다.

달콤한 불빛 반지 사탕

노동의 사전적 정의는 몸을 움직여 일을 함. 사람이 생활에 필요한 물자를 얻기 위하여 육체적 노력이나 정신적 노력을 들이는 행위를 뜻하지요. 너무나도 복잡한 혹은 너무나도 간명한 노동과 사랑, 사랑과 노동의 상관관계. 시적 주체는 진지한 어조로 묻습니다. 돈과 사랑 앞에서 얼마나 정직할 수 있을까, 라고요. 각기 다른 이유로 정직하기가 어려운, 혹은 같은 이유로 정직하기 어려운 것일지도 모르겠습니다. 돈과 사랑 사이에 자리한 노동이라는 두 글자의 무게. 균형추는 한쪽으로 기울어져 갑니다. 균형이란 거의 또 다른 소원이 되어 가고.

새삼 떠올려 봐야 할 사안인데요. 노동절은 노동자들의 연대를 전 세계적으로 기념하는 날로써 우리나라에서도 매년 5월 1일을 법정휴일로 보장하고 있습니다. 오래전 과거의 한 정부는 '근로자의 날 제정에 관한 법률'을 공포해 노동절을 '근로자의 날'로 바꿉니다. 노동자란 말에는 계급의식이 묻어 있어 불편하다는 이유였습니다.

그런데 근로자라는 단어에는 근면 성실하게 순종적으로 일한다는 의미가 담겨 있습니다. 물론 자신의 일에 대한 사명감은 매우 중요한 덕목입니다. 무엇이 더 불편한 표현일지 궁금해지는데요. 구성원의 의식이 언어를 만들어 나가기도 하지만 언어가 의식을 견인할 수도 있는 일입니다. 근면과 성실함은 미덕이지만 순종적인 태도를 요구하는 시선은 어딘지 모르게 과하게 느껴집니다. 최근에는 '노동절(근로자의 날)'로 병기하는 방향으로 자리 잡아 가고 있습니다.

다시 시 이야기로 돌아가면 능력자가 되고 싶은 시적 주체는 어릴 적 슈퍼에서 팔던 불빛 반지 사탕을 떠올립니다. 이 반지를 손가락에 끼는 순간 엄청난 파워가 생길 것 같은 환상 때문이었지요. 그러나 불빛 반지 사탕은 너무 달콤해서 녹아 버리는 것으로 사라집니다. 그럼에도 불구하고 우리에게 필요한 것은 무엇일까요. 불빛 반지 사탕 대신에 달콤하게 빛나는 내일의 약속이 필요한 걸까요. 어쩌면 빛나지는 않더라도 내일이 밝아 오는 느낌을 누릴 수 있는 상황과 마음이 필요한 것일지도 모르겠습니다.

끊임없이 추가되는 것으로 채워지는 버킷 리스트가 아니

라, 누리는 즐거움으로 지워지는 목록들을 상상해 봅니다. 그래서 '어떤 경험들'에 대한 간절함이 모여 커다란 슬픔으로 오래 머물지 않기를. 우리가 원하든 원하지 않든 내일은 분명히 밝아 올 텐데요. 해맑게 돌아오는 리턴콕처럼 말이지요. 달콤한 불빛 반지 사탕을 바라보던 아이의 눈으로 내일을 맞이할 수 있다면 얼마나 좋을까요. 혹은 달콤하지 않더라도, 내일이 밝아 왔다는 사실만으로 눈부신 아침을.

×

육각형 인간은 뾰족할까

혹시 완벽주의

가을이 노크합니다. 가만히 기다렸어요. 여름의 열기가 지나가고 이제는 조금 더 고요해져도 좋겠습니다. 최근 트렌드를 분석한 책에서 육각형 인간에 대한 글을 읽게 되었습니다. 이 표현을 처음 접했을 때, 문득 생명의 이미지는 대부분 원형적 형태를 가지고 있다는 생각에 생경하게 느껴졌습니다. 세계의 행성, 물방울, 인간의 얼굴과 심장, 식물의 열매, 꽃봉오리가 그러하듯.

그런데 육각형 인간이라니, 육체성을 지울 수 없는 인간에게 사용 가능한 어휘인지 의아해하시는 분들도 많을 것 같습니다. 물론 '좋은 게 좋은 거야'라는 식의 무조건적으로 둥글어지려는 태도를 경계해야 되겠습니다. 그런데 무려 여섯 개의 모서리를 지니고 있는 인간이라면 어떨까. 나아가 육각형 인간을 일종의 지향점으로 인식하는 관점에 대해서는 어떠한 입장을 취해야 할지 궁금해지는 요즘입니다.

책에 실려 있는 육각형 인간의 대략적인 내용을 소개하면 다음과 같습니다. '헥사곤 그래프' 즉 어떤 대상이 가지고 있는 여러 가지 특성을 비교 및 분석하고자 할 때 사용하는 육각형 이미지에 대한 명칭입니다. 여기서 모든 기준 축이 끝까지 꽉 차 완벽한 모습을 보이면 정육각형이 됩니다. 그래서 육각형은 종종 완벽이라는 의미로 쓰이지요. 삶의 여러 가지 측면에서 완벽을 추구하는 성향이 두드러진다고 할 수 있는데요. 여섯 개의 항목을 살펴보면 외모·학력·자산·직업·성격·특기입니다.

시간이 지날수록 위의 항목은 여섯 가지가 넘을 수도 있습니다. 무한하게 증식될 여지가 있는 것이지요. 이는 완벽한 사람을 선망하는 경향성이 반영된 현상이라고 하는데요. 모든 주체가 빛과 그늘을 가지고 있다고 할 때, 불완전함이 곧 자기 부정으로 이어질 수도 있을 것 같아 우려가 됩니다. 이러한 사회적 분위기 속에서 생각보다 많은 구성원들이 자신도 모르게 완벽주의자가 되어 가고 있다면 어떨까요. 완벽주의에 대한 기준이 강화될수록 스스로 원한 적 없는 감정 속에 자신을 위치시키게 되는 건 아닌지 궁금해집니다.

조금 더 자세히 살펴보면 완벽한 자아를 선망하는 육각형 인간은 다음과 같은 특성을 가지고 있다고 하는데요. 첫째 아무나 육각형 인간으로 인정하지 않으며 노력으로는 이루기 힘든 기준을 내세우는 담쌓기입니다. 둘째 육각형 인간임을 증명하고자 모든 가치를 돈과 숫자로 평가하는 수치화하기입니다. 셋째 육각형 인간이 되기 어렵다는 불편한 현실을 게임처럼 희화화해 가볍게 웃어넘기기입니다.

누군가는 이러한 특성을 살펴보는 것만으로도 숨이 막힌다고 호소할 수도 있겠습니다. 적지 않은 이들이 그 기준들을 바라보며 다소 뾰족하지는 않은가, 라는 생각을 떠올릴 것만 같아요. 나아가 인정하지 않음, 노력으로는 이루기 힘든 기준, 담쌓기, 모든 가치를 수치화하기, 희화화 등의 특성들이 아무래도 자연스럽게 느껴지지 않습니다. 특히 우리의 눈앞에 펼쳐져 있는 불편한 현실을 게임으로 간주해 가볍게 넘길 수 있는 사안인가, 하는 생각도 듭니다. 적지 않은 구성원들이 이러한 불편한 현실로 인해 기회를 잃거나 부당함을 느끼게 된다면 말이지요.

활력과 절망 사이

추측하고 계시듯 이러한 육각형 신드롬은 도처에서 접하게 되는 소셜 미디어의 영향이 큽니다. 미디어 이용자라면 완벽한 라이프 스타일을 게시하는 대상들과 자연스럽게 자신을 비교하게 됩니다. 무의식중에 완벽한 모습을 갖춰야 한다는 유형무형의 압박이 강해진 것입니다. 유형무형이라는 말에서 알 수 있듯이 이러한 압박의 범위는 매우 넓습니다. 예전에는 성적 우수라는 단일 차원의 경쟁이었다면, 이제는 외모·패션·특기·부모의 재산 규모 등 비교하는 항목이 다양화되면서 그 경쟁이 훨씬 더 복잡하고 치열해졌습니다.

말 그대로 숨 막히는 경쟁 구도 속에 놓여 있는 것이지요. 일각에서는 이러한 신드롬이 성공에 대한 열망을 하나의 놀이로 승화시킨 현상이라고 보는 견해도 있습니다. 반대로 경제적 계층 고착화라는 사회적 문제와 관련성이 있다는 비판도 들려옵니다. 이는 완벽을 지향하는 사회적 압박을 견뎌야 하는 현대인이 어쩔 수 없이 만들어 낸 역설적인 의미의 활력이자 절망인 셈입니다.

한편 능동적 수동성과 수동적 능동성 개념이 떠오르는데요. 표면적인 능동성이 결과적인 수동성의 요인이 될 수 있다는 사실도요. 반대로 수동적으로 보이지만 능동적으로 삶을 가꿔 나가는 경우가 있습니다. 문득 활력과 절망 사이를 오가며 완벽해지고자 노력하는 수많은 이들의 얼굴이 떠오릅니다. 지하철에 몸을 싣고 어디론가 향하는 얼굴들의 표정을 말이지요. 그 얼굴들이 도착할 곳은 어디일까요. 어디를 경유해서 가는 걸까요.

위에서 언급한 경제적 계층 고착화 현상에 대한 전문가의 견해를 조금 더 살펴볼까요. 한 언론사의 조사 결과에 따르면 우리나라와 프랑스의 중산층 기준이 각각 다음과 같다고 합니다. 물론 이를 단순 비교하는 것은 지양해야 할 방식이고, 각 나라의 특수성을 고려해서 살펴보기를 제안드립니다.

<한국의 중산층 기준>

1. 부채 없는 아파트 30평 이상 소유
2. 월 급여 500만 원 이상
3. 2,000CC급 중형차 이상 소유
4. 통장 잔고 1억 원 이상 보유
5. 1년에 1회 이상의 해외여행

<프랑스의 중산층 기준>

1. 1개 이상 자유롭게 외국어를 구사할 수 있을 것
2. 직접 즐길 수 있는 스포츠 하나가 있을 것
3. 다룰 줄 아는 악기 한 가지가 있을 것
4. 남들과 다른 맛을 낼 수 있는 요리 하나가 있을 것
5. 공분(公憤)에 의연하게 참여할 것
6. 약자를 돕고 봉사를 꾸준히 할 것

'좋아'의 세계

두 국가의 중산층에 대한 기준이 매우 상이하다는 점을 비교적 어렵지 않게 확인할 수 있습니다. 우리나라의 경우 완벽한 인간과 경제적 표지에 대한 내용이 주를 이룹니다. 가시적인 기준이 절대적이 되는 것이지요. 그런가 하면 프랑스의 경우 개별적 주체들의 삶의 태도와 리듬이 중요시되고 있습니다.

특히 이채로운 것은 공분, 즉 공중(公衆)이 다 같이 느끼는 분노에 의연하게 참여해야 한다는 항목입니다. 해당 항목은 혁명을 이룬 날보다 그 다음날이 더 중요하다는 철학적 메시지와 연관되어 있습니다. 혁명의 열기에 도취되어 시간을 보내는 것이 아닌, 침착한 태도로 당면 과제를 해결하고 새로운 사회 시스템을 만들어 내는 능력 말이지요. 건강한 비판적 에너지를 토대로 사안에 침착하게 임하는 공중을 떠올려 봅니다. 이와 관련하여 이린아 시인의 시 「비가 오기 전 춤을 추는 새」를 소개합니다.

(⋯)

내가 좋아하는 화가 마크 로스코(Mark Rothko)는 이런 이야기를 했죠. 모두 다 '좋아'의 세계에 빠졌어. 오늘 어때? 좋아, 맛은 어때? 좋아, 이 옷 어때? 좋아, 이 그림 어때? 좋아, 좋은 걸로만 세상을 살 수 없다고요. 그런데 좋은 건 싫은 거랑 같고, 좋고 싫은 걸로만 세상을 살 수는 없는 건 맞죠. 그렇다고 해서 좋지만은 않고 싫지만은 않은 그 세계에서 누가 살아남아요?

유에프오는 우리에게 호기심을 줄 순 있지만 무언가를 외면할 변명도 만들어줄 순 있지만 결코 다정하거나 편안한 존재는 아니죠. 우린 일어나서 걸어야 하고 거북 목을 내밀며 살펴야 하고 눈을 치켜뜨고 내가 보지 못하는 것들을 망원경을 통해 보아야 하죠. 나는 인간이 자신의 신체 능력을 정할 수 있다고 믿어요. 이건 선천적인 것들에 대한 잔인한 비평은 아니에요. 내가 말하려는 건, 정말로, 자기 몸에 어떻게 받아들일지 어떤 것도 자기 몸에 어떻게 받아들일지 모두 자기 자신만 결정할 수 있다는 거예요.

(…)

여자로 태어나 나는 끊임없이 생리를 시작했죠. 공작도 24일이면 알을 낳는대요. 물론 새끼 공작은 그 즉시 걸을 수 있지만요. 하하, 우린 앞으로 밀림에서 나무 열매와 키 작은 벌레를 먹어야 할까 봐요. 비가 와도 계속 춤을 추고 있잖아요. 날지는 못해도 아주 빠른 새가 된 모양이에요. 어쩌겠어요? 비가 오든 말든 마음껏 춤을 출 것이죠. 자, 이제 그 어떤 나의 움직임도 모조리 당신에게 신호가 되지 않을 거예요.

－「비가 오기 전 춤을 추는 새」 부분

시적 주체는 모두 '좋아'의 세계에 빠져 있는 분위기와 그에 대한 상황을 주시합니다. 과연 '좋아'의 세계란 어떤 세계인 것일까요. 어쩌면 우리 사회의 구성원들은 공분에 의연하게 참여하기에는 이미 벌써 지쳐 버렸을지도 모르겠습니다. 혹은 자신이 처한 고통이나 슬픔을 감내하기에도 버겁다고 느낄 수도 있습니다. 게다가 주변의 소중한 사람들을 돌보는 것만으로도 힘이 든다고요.

그럼에도 불구하고 우리는 놀랄 만큼 가깝고 믿을 수 없을 만큼 멀기만 합니다. 개인의 슬픔이나 좌절은 사적 차원을 넘어서 공동체 시스템의 문제에서 비롯되는 경우가 있기 때문입니다. 그러한 의미에서 좋은 걸로만 세상을 살 수 없다는 시적 주체의 문장에 주목해 볼까요. 언제나 되돌아오는 과거가 오늘과 미래에 펼쳐져 있습니다. 해결하지 못한 사안들은 손님맞이에 마음이 급해, 함부로 넣어 놓은 옷장의 옷들과 같이 스스로 정리될 리 없기 때문이지요.

마크 로스코와 스티브 잡스

먼저 시에 등장하는 화가 마크 로스코에 대해 잠시 알아볼까요. 그는 독학으로 그림을 배우면서 색면 추상이라는 자신만의 독특한 양식을 만들어 냈다고 합니다. 특히 그림을 그린다는 것은 곧 감정을 표현하는 것이라는 확신을 가지고 있었지요. 그는 색이나 형태 등 그런 것들의 관계가 아닌 인간의 감정들, 즉 비극, 황홀, 파멸 등을 표현하는 데에 깊은 관심을 보였습니다.

그러니까 그에게 인간의 감정들은 '좋아'의 세계만이 아닌 다양한 레이어를 가지고 있습니다. 뿐만 아니라 비공개 작업 방식 역시 유명한데요. 아무도 그의 작업 방식을 정확히 알지 못했다고 합니다. 비공개 작업은 자신의 감정을 들여다보는 시간의 다른 이름이겠지요. 세상을 향해 열린 문을 닫고 마음이라는 광활한 세계 안으로 침잠하는 시간.

참고로 로스코는 스티브 잡스가 좋아했던 화가로도 유명합니다. 애플 사옥에 로스코의 대작을 걸고 싶어 했다는 일화가 들려올 만큼이요. 그는 로스코의 복잡한 사고의 단순한 표현이라는 지향성을 지지했던 것 같습니다. 두 세계관의 만남에 대해 생각해 봅니다. 잡스가 좋아한 로스코의 그림은 큰 캔버스에 빨강, 노랑, 오렌지색처럼 단순하지만 강렬한 색들로 구성된 작품이었다고 하는데요.

해당 작품은 다른 이유로도 유명합니다. 그의 작품을 보고 있으면 왠지 모르게 눈물을 흘리게 되는 일종의 마법 때문인데요. 한 조사 결과에 따르면 미술 작품을 보면서 눈물을 흘린 적이 있냐는 질문에, 절반 이상이 그렇다고 답했다고 합니다. 놀랍게도 그중 70%가 로스코의 작품을 보고 눈물을 흘렸다는 사실이 알려져 있습니다. 이때의 마법은 화가가 보낸 편지의 뒤늦은 도착을 의미하는 건지도 모르겠습니다.

마음껏 춤추고 있음

다시 시적 주체를 만나 보면 그는 로스코의 입을 빌려 모두 다 '좋아'의 세계에 빠져 있음에 주목합니다. '오히려 좋아'라는 말 자주 들어 볼 수 있는데요. '오히려'는 부사로 일반적인 기준이나 예상, 짐작, 기대와는 전혀 반대가 되거나 다르게라는 뜻을 가지고 있지요. 그러니까 이러한 부사어를 사용해서라도 상황을 낙관적으로 받아들이려는 의도가 담겨 있는 것입니다. 한편 그는 이러한 상황에 대한 문제를 제기합니다. "그런데 좋은 건 싫은 거랑 같고, 좋고 싫은 걸로만 세상을 살 수는 없는 건 맞죠?"라고 말입니다.

모든 것에는 밝음과 어둠이 있다는 말을 시의 상황에 적용해 보면 어떨까요. 이러한 세계에서 누가 살아남을 수 있을지 물었을 때 모두가 육각형 인간일 수 없고, 또 그럴 필요도 없으니 말입니다. 외모·학력·자산·직업·성격·특기라는 여섯 개의 항목에서 하나만을 충족시키기도 쉽지 않은 일인걸요. 물론 균형 잡힌 주체의 이상적 모습과 아름다움은 언제나 매혹적이라는 사실을 부정하기란 쉽지 않습니다. 다만 모든 인간이 그 길을 걸어가야 한다는 지침에는 고개를 갸웃하게 될 것 같습니다.

인간이 자신의 신체 능력을 정할 수 있다고 믿고 있는 편인가요. 누군가는 이를 "선천적인 것들에 대한 잔인한 비평"이라고 생각할 수 있겠지만 시적 주체는 그건 아니라고 단호하게 말합니다. 그는 일련의 모든 선택들에 대해 모두 자기 자신만 결정할 수 있다고 강조하고 있군요. 중요한 건 비가 와도 계속 춤을 추고 있다는 사실이며, 마음껏 춤을 출 것이라는 예감이지요. 최선은 마음껏 춤추고 있음을 실감하게 될 때까지 춤을 춰 보는 것 아닐까.

육각형 인간, 이를테면 사회적 완벽주의의 일반화는 개별적 주체의 소외로 귀결될 가능성이 있습니다. 육각형 인간은 뾰족할까, 라는 질문을 떠올려 봅니다. 모쪼록 지나치게 날카로워진 모서리의 화살표가 자신의 내부로 향하지 않기를 바라며. 혹시 모서리 공포증 있으신가요. 그렇다면 육각형 인간은 얼마나 두려운 존재일까요. 무수히 많은 이름의 타자와 마주치는 상황에서 말이지요.

우리는 잘 알고 있습니다. 세계의 행성, 물방울, 인간의 얼굴과 심장, 식물의 열매, 꽃봉오리만을 바라보며 살 수 없다는 것을. 다만 그 형태를 조금씩 흉내 내며 살아갈 수 있다는 사실에 대한 견고한 믿음을 기억하며. 누군가 마음껏 춤추고 있는 장면을 마주하게 될 때 우리는 어떤 표정을 짓게 될까요. 심장이 두근거리는 순간에 동참하게 된 그 기쁨에 대해.

×

돌봄 중의 돌봄

책의 일광욕

시간이 참 빠르군요. 저녁 산책하기 좋은 날들입니다. 혹은 해 질 녘 야외에서 열리는 음악 페스티벌에 가기 알맞은 날씨이기도 하고요. 고단한 생각들을 잠시 내려놓고 바람에 호흡을 더해 보는 시간. 어떤 처서를 보내고 계신가요. 처서는 열네 번째에 해당하는 절기로 더위가 그친다는 뜻에서 붙여진 이름인데요. 입추와 백로 사이에 든다고 합니다. 그러니까 여름과 가을 사이에서 서서히 가을로 스며드는 절기인 것입니다. 이 시기를 '땅에서는 귀뚜라미 등에 업혀 오고 하늘에서는 뭉게구름 타고 온다'라고 표현하기도 했지요. 귀뚜라미 등과 뭉게구름 위의 처서라니. 안 보이는 처서가 어디선가 우리를 향해 다가오고 있는 것만 같습니다.

책 읽는 계절이 별도로 정해져 있는 것은 아니지만 가을이 다가오니 책을 펼치는 시간이 더 늘어나는 것 같네요. 책 읽는 것, 모으는 것 두루 좋아하시나요. 또 책을 유난히 아끼는 편이신가요. 내용적인 면과 사물성 그 자체를 포함해서 말이지요. 엄청난 메시지가 담겨 있어 좋은 책도 있지만, 정말이지 표지가 근사해서 좋은 책도 있습니다.

아마도 들어 보신 적 있으실 것 같은데요. 옛 사람들은 처서 무렵 여름 장마에 젖은 책을 음지에 말리는 음건이나, 바람에 쐬고 햇볕에 말린다는 뜻의 포쇄를 했다고 합니다. 책의 일광욕인 셈이지요. 특히 왕조의 실록을 보관했던 사고에서는 포쇄별감의 지휘 아래 실록을 말리는 작업이 큰 행사였다고 합니다. 포쇄를 담당하는 별감이 별도로 있었다고 하니 흥미롭습니다. 그러니까 책을 그늘이나 햇볕에 내어 말리는 일은 책을 돌본다는 뜻이 되겠네요.

혼잣말에 담겨 있는

돌봄을 인간의 영역에 적용해 볼까요. 대부분의 인간은 때로 강하고 때때로 나약합니다. 근본적으로 상호의존적인 존재이기 때문일 것입니다. 돌봄이란 타인이 건강하게 생존할 수 있도록 도움을 제공하는 행위를 말하지요. 최근 돌봄의 개념이 확장되고 있는 추세인데요. 사회적 담론 중 하나인 돌봄 이론의 핵심은 관계적 존재론일 것입니다. 특히 위기와 재난의 시대에 필요한 철학이기도 합니다. 생존이라는 과제가 우리 모두의 어깨에 얹혀져 있기 때문인데요.

자명한 사실이지만 처음부터 독립적으로 사고하고 행동할 수 있는 사람은 없습니다. 우리 모두는 태어날 때부터 누군가의 돌봄을 받았기에 지금까지 살아 있는 것일 텐데요. 어린 시절을 포함해 누군가의 도움을 받는 다양한 시기를 지나왔습니다. 그러나 독립은 인간의 최종 목표.

문득 '사라지는 매개자'가 되어 준 수많은 타자의 얼굴을 떠올려 봅니다. 관계적 존재론은 이처럼 자신을 둘러싼 다양한 관계들의 영향을 인지하는 태도, 그리고 윤리적 결정을 내릴 때 타인의 의견을 고려하는 관점을 뜻합니다. 다른 이들의 상황과 요청에 기꺼이 응답하는 것은 보편적 돌봄 윤리의 핵심이기도 합니다.

그런데 그러한 윤리를 실천하는 일이 쉽지 않다는 목소리가 들려옵니다. 만약 자신이 처한 상황에 너무 지쳐 있다면 말입니다. 최근에 어떤 감정을 자주 느끼시는지 궁금합니다. 불평과 혼잣말과 투덜거림이 일상에 스며 있지는 않나요. 시 한 편 나눌까요. 임유영 시인의 「처서」입니다.

불평을 멈출 수 없습니다 혼잣말을 투덜거림을 멈출 수 없습니다 내가 아파서 시끄러운 건지 시끄러워서 가난한 건지 혼자 소란 피울 집도 절도 없이 내 목소릴 아무도 못 들으면 어떨까 싶어 길을 떠나봐도 산에 가면 나무가 너무 많고 바다에 가면 파도가 너무 많습니다 그것들도 부스럭부스럭 철썩철썩 소리를 내는데 수런수런 두런두런 까불어대는데 활달하다못해 야단스럽기까지 하던데 정말 그래서일까요 나무는 가난합니다 파도는 가난합니다 나는 가난합니다 그러네 그렇구나 모여봐 애들아 우리가 조용해지면 부자가 될텐데 나무야 나무에 붙은 나뭇잎아 바람 불어도 흔들리지 않는 연습을 해보렴 파도야 앞으로 앞으로 너울너울 움직이지 않는 비책을 알아보렴 우리가 조금만 말하고 조금만 움직이고 조금만 살았더라면 이 세상이 전부 우리 것이었을 텐데 쓸쓸하게도 살아 있어서 말을 해가며 몸짓을 해가며 침을 튀겨가며 진땀을 흘리며 폭소를 터뜨리며 산진승처럼 너절한 잠자리에 풀썩거리며 몸을 누이고 잘 때조차 뒤척인 죄로 자면서도 코곤 죄로 꿈에서도 말한 죄로 우린 말하지 않는 법을 잊어버리는 벌을 받고 있어요 끝없이 움직이는 벌을 서고 있어요 아무도 아무에게도 왜 사냐고 묻지 않았어요 넌 얼마나 가졌니, 나무에게 물으니 가난한 나뭇잎이 쏴아아 요란하게 떠들어댑니다 웃음을 꾹 참으면 안 깨끗한 물이 눈에서 흘러나옵니다 이것이 파도의 성분입니다

－「처서」전문

  제목에서 볼 수 있듯이 처서 무렵 시적 주체는 불평을 멈출 수 없다고 고백합니다. 생각보다 많은 사람들이 그렇듯 하루를 보내며 혼잣말과 투덜거림을 멈출 수 없다고 말하는 것이지요. 그는 어떤 연유로 혼잣말과 불평을 멈출 수 없게 되었을까요. 자신의 아픔과 시끄러움 그리고 가난함에 대해 질문하고 있습니다.

생각해 보면 혼잣말과 불평이 계속되는 이유는 하고 싶은 말과 전하고 싶은 마음이 붐비기 때문일 텐데요. 혼잣말뿐만 아니라, 불평 역시 들어 주는 이가 없는 상황이라면 스스로가 수신자가 되는 것입니다. 시라는 장르에서의 '엿들어지는 독백'을 일상 도처에서 만날 수 있게 되는군요.

정확한 원인을 알 수 없어 답답한 그는 혼자 소란 피울 집도 절도 없습니다. 공동 주거 공간에서 층간소음을 발생시켜서는 안 되기 때문입니다. 또는 집이 아닌 방이라면 실내에서 최대한 발끝을 들고 조심스럽게 걸어야 한다는 걸, 학습을 통해 잘 알고 있는 신체가 된 것입니다. 먼저 행동하고 나중에 인지하는 상황이라고 할까요. 그럼에도 우리 모두는 인간이어서 이 세상에서 자신의 목소리를 아무도 못 들으면 어쩌지, 라는 염려를 하게 됩니다. 엿들어지는 독백들이 멀리서 가까이서 들려오는 시간입니다.

가까운 미래라면 좋겠어

시는 이어집니다. 그는 길을 떠나 보는 것으로 자신의 목소리를 전하고자 합니다. 산에 가면 나무가 너무 많습니다. 울창한 숲에 들어서면 온통 나무가 반겨 주는데요. 고서에 어진 사람은 산을 좋아하고 현명한 사람은 바다를 좋아한다는 문장이 있습니다. 어진 인격을 가진 사람이 되는 건 미래의 일일까요. 가능한 한 가까운 미래라면 좋겠습니다. 울울창창 푸르른 나무들이 아직 어질지 못한 자신을 꾸짖는 것만 같습니다.

이번에는 현명함을 꿈꾸며 바다에 가 봅니다. 역시 그곳에는 파도가 너무 많습니다. 파도는 활달함을 넘어 야단스럽기까지 합니다. 고요함이 그리운 시간입니다. 산과 바다에 가서도 그의 마음이 이토록 소란한 이유는 무엇일까요. 그렇습니다. 더는 미룰 수 없는 과제가 있기 때문입니다. 놀랍게도 바로 자신을 만나는 시간입니다. 다이어리 어플에 입력하지는 않았지만 가장 중요한 과제인 것이지요. 아마도 그는 자신을 오랫동안 그리워했던 것 같습니다.

시에 따르면 나무와 파도와 시적 주체는 가난하다는 공통점을 가지고 있습니다. 이러한 존재들은 활달함을 넘어 야단스럽기까지 한 특성을 가지고 있습니다. 바로 이 특성 때문에 가난한 것이라는 인과관계가 성립됩니다. 위에서 살펴본 바와 같이 불평이 많은 시적 주체의 고백과도 연결되는 내용이 되겠네요. 정리해 보면 불평-활달함-야단스러움이 가난함을 불러왔다는 것입니다. 그에 의하면 결핍이 없는 사람들은 불평할 게 없어서 조용한 상태, 즉 평정심을 유지할 수 있는 것일까요. 완전무결한 존재는 이 세상에 없겠지만 말입니다.

자신을 포함하여 가난한 나무와 파도에게 당부의 말이 이어집니다. 나무에게는 세찬 바람이 불어 와도 흔들리지 않는 연습을 해 보라고 권유하는데요. 다음으로 파도에게는 거대한 흐름에 몸을 맡기고 너울너울 움직이며 살아가라고 말합니다. 이렇게 살았더라면 이 세상이 전부 우리 것이었을 텐데, 라며 아쉬워하기도 합니다. 세상의 전부가 아니라 일부분도 가지지 못한 이름들이 있습니다. 그 이름들은 무엇으로 살아갈 동력을 삼을 수 있을까요. 말과 몸짓과 진땀과 폭소로 얼룩진 일상을 살아 내야 하는 그 동력을.

오늘 아침 출근 풍경을 떠올려 보면 어떠신가요. 거짓말처럼 찾아온 아침에 놀라 다시 방을 나서는 일상입니다. 퇴근

후 돌아와서 저녁 시간을 요모조모 살필 틈도 없이 쉴 곳을 찾아 몸을 누입니다. 그 시간만이 누구도 간섭하지 않는 유일한 휴식 시간이라고 위안하며 말이지요. 씩씩하게 여러 일을 해낸 자신을 칭찬하는 날이 드뭅니다. 고단함에 외출복을 갈아입을 틈도 없이 그냥 잠이 들 때도 있을 정도이니까요. 주중과 주말의 기대와 실망 역시 패턴화되어 가는 듯하고요. 이번 주가 특수한 거야, 라고 말하기에는 꽤 오랫동안 지속되고 있는 느낌이신가요.

한편 불평-활달함-야단스러움을 가지고 있는 시적 주체는 말하지 않는 법을 잊어버렸고 그에 대한 벌을 받고 있다고 말합니다. 그래서 지금이라도 한 사람에게 조직에게 사회에게 국가에게 하지 못한 말들은 잠꼬대를 통해 전해 보려하는 것인데요. 문제는 안타깝게도 자신에게조차 전달되지 않은 불완전한 문장들이 새벽의 대기 사이로 가만히 흩어진다는 사실입니다. 그럼에도 불구하고 당면과제가 이어질 것만 같은 예감.

외로움 대응 부서

삶의 이유에 관한 질문은 사실 금지된 질문이기도 합니다. 물론 철저한 선의로 궁금해하는 경우도 있지만, 상대방이 고개를 갸우뚱하는 모습이 벌써 그려집니다. 사실 왜 사는지 그 이유를 알지 못해도 잘 살아갈 수 있으니까요. 생각해 보면 삶의 의미를 부여하지 않는 게 잘 사는 비법인지도 모릅니다. 그러므로 판단하기가 어렵습니다. 꼬리에 꼬리를 무는 질문으로 밤을 지새운 경험이 자주 있으시다면 더욱 그러하겠지요. 어쩌면 삶의 목적보다는 여정 그 자체에 의미가 있다고 볼 수 있겠습니다. 여행을 떠나 도착한 곳도 중요하지만 길 위에 찍힌 무수한 발자국들의 여정에 더 큰 의미가 담겨 있는 것처럼.

보유한 자산에 대해 질문받으신 적 있으신가요. 적잖이 당황스럽지요. 그런데 시적 주체는 애꿎은 나무에게 얼마나 가졌는지 물어봅니다. 예의 가난한 나뭇잎답게 요란하게 떠들어 댑니다. 그 모습을 보며 웃음을 꾹 참게 되는데요. 웃음을 참았는데 무슨 이유인지 안 깨끗한 물이 눈에서 흘러나옵니다. 그는 이 액체가 파도의 성분, 즉 짠맛이 나는 눈물이라고 말합니다. 눈물은 물리적 자극을 받았을 때 눈을 보호할 목적으로 쏟아지기도 하지만, 여러 가지 정신적인 이유에서 분출되기도 하지요.

실제로 화가 나거나 슬픈 감정을 느낄 때 흘리는 눈물은 기뻐서 흘리는 눈물보다 염화나트륨의 함량이 높아 짜다고 합니다. 잘 알려져 있듯 조용히 울먹거리는 것보다는 큰 소리로 목 놓아 우는 것이 긴장감을 완화하고 스트레스를 줄이는 데 도움이 된다고 합니다. 울고 싶을 때는 우는 것이 건강을 지키는 데 보다 효과적이라는군요. 슬퍼해야 할 시기에 울 줄 아는 것도 하나의 능력이라는 생각이 듭니다.

다양한 돌봄의 종류들이 있겠지만 오늘은 우리들 마음의 습기를 돌보는 일. 스스로를 돌보는 자기 돌봄에 관해 가만히 생각해 보면 좋겠습니다. '자기 돌봄'이라는 명칭으로 인해 오해를 하기 쉽지만 자기 돌봄은 그저 셀프를 의미하는 것은 아니라고 합니다. 그에 대한 개념을 정립하고 확장시키는 과제가 중요한 것 같습니다.

영국은 몇 해 전부터 '외로움 부서(Ministry of Loneliness)'를

설립하여 개인의 사회적 고립과 외로움에 대응하기 위한 국가적인 전략을 세운 바 있습니다. 구성원의 감정과 경험을 그저 개인의 몫으로 치부해 버리지 않는 사회는 얼마나 든든한 울타리일까요. 아마도 우리가 지향해야 할 자기 돌봄 역시 스스로를 돌보는 일과 더불어 이에 대한 사회적 협업의 한 형태일 수 있겠습니다.

어쩌면 파도에게는 불평이 없겠으나 시의 안과 밖에 자리한 목소리들이 불평으로 가득 차 있을지도 모르겠습니다. 그 목소리들에게 파도는 무슨 말을 들려주게 될까요. 조금 더 나아지기 위한 목소리는 또 얼마나 필요한 것일까요. 우리가 귀 기울여야 하는 건 문제없음을 강조하는 정제된 문장들만은 아닐 것. 마음이 조금 서늘해지는 처서를 맞이하며.

3부

출구에서
만나자,
우리

×

새로운 좌표를 향해, 뚜벅뚜벅

응원하고 싶어

거리의 전광판 광고를 보다 문득 떠올립니다. 한 유명 스포츠 브랜드 광고를 보면 뭔가에 도전하고 싶다는 느낌이 든다는 분들 많으시지요. 무엇이든 해낼 수 있을 것만 같은 기분 좋은 고양감과 함께 말입니다. 그 순간만큼은 당장 스포츠 웨어로 갈아입고 집 앞 피트니스 센터에 가서 워킹이라도 해야 되겠다고 생각하게 되지요. 마음속으로 새벽형 인간을 꿈꾸며 알람을 설정하기도 합니다. 굳은 다짐과 함께 말입니다.

반면에 무엇이든 될 수 있다는 건 아직 아무것도 아니라는 뜻일 뿐이라고 희미하게 웃는 분들도 있지요. 그럼에도 눈에 보이지 않았던 잠재력이 실력으로 바뀌는 일상의 경이는 우리의 삶 곳곳에 자리하고 있습니다. 누가 함부로 그 경이로움을 부정할 수 있을까요.

　잘 알려져 있듯 스포츠 브랜드 광고뿐만 아니라, 다양한 문화 콘텐츠들이 '언더독(underdog)' 콘셉트를 가지고 있습니다. 어원에서 볼 수 있듯이 개싸움에서 상대측의 힘에 밀려 바닥에 엎드려 있는 개가 힘을 내서 이겨 주기를 바라는 것입니다. 스포츠 경기, 영화, 드라마 등에서 질 것으로 예상되는 약자를 보통 언더독으로 일컫기도 하지요. 이는 사람들이 약자라고 믿는 주체를 응원하게 되는 현상, 또는 그러한 주체에게 부여하는 심리적 애착을 의미합니다. 객관적인 전력에서 열세를 보여 경기 등에서 질 것 같은 사람이나 팀을 이르는 말이라고 할 수 있습니다.

　반대로 이길 것으로 예상되는 강자를 '탑독(top dog)'이라고 하는데요. 다양한 장르에서 언더독의 승리는 예상을 벗어난 반전을 보여 줄수록 극적인 효과를 더합니다. 대다수의 사람들에게 약자를 응원하려는 마음이 있기 때문입니다. 잠재성이 실력으로 나타나기를 바라는 것이지요. 거기에 더해 잠재성에 대한 사회적 시선의 변화 역시 기대되고 있다고 볼 수 있겠군요.

사랑받는 자

수많은 서사에서 우리는 언더독을 만나 왔고 또 만날 것입니다. 거슬러 올라가 보면 구약성서에 이미 우리가 익히 알고 있는 언더독이 소개되어 있습니다. 바로 골리앗과 결투를 벌이는 양치기 소년 다윗이 그 주인공입니다. 다윗의 이름이 사랑받는 자라는 뜻을 가지고 있다는 사실 알고 계시지요. 그는 탁월한 시인, 목자, 군인, 왕이었습니다.

게다가 신과의 언약을 통해 영원한 메시아의 모형이 되기도 하였습니다. 스토리 전개의 방향을 익히 알면서도 약자인 이들이 위기를 이겨 내고 결국 승리하는 모습에 사람들은 감동합니다. 맨몸으로 돌멩이를 던져 거인 골리앗을 쓰러뜨린 다윗과 같이. 반드시 패할 수밖에 없는 싸움에서 온

몸을 던져 승리를 이뤄 내는 주체들에 관한 이야기인 것이지요.

한편 정치 분야에서도 동일한 현상이 일어납니다. 유명한 일화인데요. 실제로 과거 미국 대통령 선거 당시, 해리 트루먼 후보는 사전 여론조사에서 계속 상대 후보에 뒤졌습니다. 즉 트루먼이 언더독이었던 것입니다. 막상 투표함을 열어 보니 결과는 정반대였는데, 트루먼이 탑독인 상대 후보를 적지 않은 차로 누르고 당선되었습니다.

전문가들은 사전 여론조사의 예상을 깨고 트루먼이 승리할 수 있었던 까닭을 다음과 같이 분석합니다. 연이은 여론조사로 인해 대중에게 각인된 약자 이미지가 오히려 동정표 결집의 원동력이 되었기 때문이라는 겁니다. 이는 정치적 지지로 이어졌습니다. 사람들의 심리 저변에는 약자에 대한 관대함 또는 일체감이 작용하고 있음을 의미하는 사례라고 할 수 있습니다.

밴드왜건을 울려라

한편 선거 때가 되면 언더독 효과에 편승하거나 악용하는 후보들의 전략도 포착됩니다. 이와 관련하여 '밴드왜건 효과(Bandwagon effect)'는 언더독 효과의 견제 수단이 되기도 합니다. 밴드왜건은 행렬을 선도하는 악대이지요. 이처럼 밴드왜건 효과는 유행하는 행렬의 선두에 있는 악대를 따라 대중들이 몰리는 현상을 의미합니다.

넓은 광장을 가르는 연주 소리에 따라 사람들이 모여들기 시작하고, 자연스럽게 그 행렬에 끼어들게 되면서 군중들이 불어나게 됩니다. 수많은 동화 속 악대를 따라 군중들이 걸어가는 장면이 떠오르는군요. 흥겨운 연주 소리가 들릴 것만 같은 장면 속에서는 군중들 역시 해맑은 표정으로 걸어가고 있었는데 말이지요.

일견 모순처럼 보이지만 사람들은 약자를 응원하는 성향과 강자와의 연대감을 통해 자기만족을 높이려는 성향을 동시에 갖고 있습니다. 경제학적으로는 명품 등 특정 상품 유행이 새로운 수요를 유발하는 현상으로 정의되기도 하지요.

이러한 현상에 대해 언더독이 탑독을 추종한다고 보는 관점도 있습니다.

　그렇기 때문에 심리적 일관성을 추출하는 데에 어려움이 뒤따를 수 있습니다. 약자에 대한 감정의 대척점에 강자를 수용하려는 심리도 갖고 있고 있기 때문이지요. 선거에서 자주 동원되는 대세론은 다음과 같습니다. 여론조사 등을 통해 대중에게 유력 후보, 즉 탑독의 이미지를 각인시킴으로써 언더독 효과를 견제하려는 전략인 셈입니다. 상황은 간단치가 않습니다. 이와 관련하여 변혜지 시인의 두 작품을 함께 읽어 보겠습니다. 시「언더독」과「탑독」입니다. 먼저「언더독」입니다.

　이 세계를 네가 구했어.

　나를 사랑하는 이들이 나의 얼굴을 어루만지며 중얼거린다. 폐허가 된 도시에 둘러싸여서, 꿈속의 나는 아름다웠다. 나의 아름다움이 나의 의지와 무관하였다.

　눈을 빼앗길 만한 장면이어서 나는 이 세계와 어울리는 음악을 마련하였다.

화관(花棺) 속에 두 손을 가슴에 모은 내가 누워 있었고, 살아남은 모든 이들의 행렬로 거리가 잠시 가득 찼다.

나는 어떻게 이 세계를 구했나. 나의 궁금증이 이 세계와 무관하였다.

연인이 내게 입을 맞추며 엄숙하게 사랑을 맹세하였고,

잠들었던 관객이 영화의 결말을 보며 고개를 끄덕이듯이, 나는 영문 모를 격정에 휩싸였다.

그 자리에 있어야 하는 건 네가 아니야. 내가 꿈속의 나를 향해 소리치자

나를 사랑하는 이들이 일제히 나를 노려보았다.

나는 행렬 속으로 뛰어들었다. 나의 격정이 나와 무관하였고, 화관에 누운 내가 나를 보며 웃고 있었다.

비로소 이 꿈의 구성 방식을 알 것 같았고,

나는 이 세계에 두고 나가야 할 것에 대해 생각해야 했다.

　　　　　　　　　　　　　　　　　　　　－「언더독」 전문

　시의 첫 줄이 의미심장합니다. 사랑하는 이들이 이 세계를 네가 구했다는 평가와 함께 시적 주체의 얼굴을 어루만집니다. 일종의 영웅적 캐릭터인 셈. 구해야 하는 세상은 폐허라는 이름이었을 것. 그런데 폐허가 된 도시에 둘러싸여서 꿈속의 자신이 아름다웠다는 문장에 주목이 필요합니다. 나아가 자신의 아름다움이 스스로의 의지와 무관하였다는 게 무슨 뜻일까요.

　제목에서도 알 수 있듯이 언더독이 세상을 구하고 죽은 것일까요. 그는 화관 속에 두 손을 가슴에 모은 자신이 누워 있었고, 살아남은 모든 이들의 행렬로 거리가 잠시 가득 찼었다고 말합니다. 해당 장면을 메타적 위치에서 바라보고 있군요. 그렇습니다. 이 장면은 꿈속 상황입니다. 문제는 내가 세상을 구한 방법에 대해 질문할 때 이러한 궁금증이 이 세계와 무관하였다는 문장 속에 있지요. 이는 자신의 아름다움이 스스로의 의지와 무관하였다는 문장과 조응합니다.

상황은 점점 더 미궁 속으로 빠져드는 듯합니다. 그는 연인의 입맞춤과 사랑의 맹세 그리고 잠들었던 관객이 영화의 결말을 보며 고개를 끄덕이듯이 영문 모를 격정에 휩싸이게 됩니다. 아마도 자신의 위치 지어짐에 대해 의문을 제기하고 있는 것 같습니다. 급기야 그 자리에 있어야 하는 건 네가 아니라며 꿈속의 자신을 향해 소리치게 됩니다. 그러자 자신을 사랑하는 이들이 약속이나 한 듯 일제히 노려보는 장면이 이어지네요.

여기서 우리는 앞서 자신의 의지와 무관한 시적 주체의 아름다움과 세계를 구한 방법에 대한 궁금증이 그 세계와 무관하다는 문장의 실마리를 찾아볼 수 있습니다. 세계 속에서 위임된 자리를 부정하는 그에게 사람들은 사랑이라는 이름으로 비난을 가하고 있는 것입니다. 언더독, 사랑받는 자와 지지받는 자로서의 형벌이 여기 있습니다. 대가가 있는 혹은 조건적 사랑과 지지이기 때문이지요.

결말에 이르러 시적 주체는 행렬 속으로 뛰어들게 됩니다. 이번에도 무슨 이유인지 이러한 격정이 자신과 무관하다고 말합니다. 화관에 누운 자신을 바라보며 웃고 있는 상황이군요. 그는 비로소 이 꿈의 구성 방식을 파악하게 됩니다. 마침내 이 세계를 탈출할 때 두고 나가야 할 것에 대해 생각하기에 이르지요. 시는 여기서 끝납니다. 꿈의 구성 방식은 애초부터 설정값을 가지고 있었던 것입니다. 이와 같은 연유로 그는 자신의 아름다움, 궁금증, 격정과 무관했던 것이겠지요.

더 나은 실패

시적 상황이 이러할 때 우리는 예감합니다. 이 세계에 두고 나가야 할 것은 우선 사랑받는 자기 자신입니다. 다음으로 사랑을 주었던 사람들입니다. 궁극적으로는 자신을 위치 짓고 일련의 역할을 위임한 세계 그 자체라는 사실을 말이지요. 용기가 필요합니다. 처음부터 다시 시작할 용기. 모든 것을 잃을 수도 있다는 사실에 대한 인지를 기반으로 한 용기인 것이지요. 과연 이 탈출 계획은 성공했을까요. 그 여부를 함부로 예측할 수 없습니다. 이어지는 「탐독」입니다.

따뜻한 빵을 손에 쥔 사람들이 영원히 배고프지 않은 세계입니다. 한 송이 백합을 꺾은 것은 나인데. 모든 이들이 뒤돌아보는 정원입니다. 오늘은 벽장 속에서 울고 있는 사람을 꺼내 젖은 몸을 닦아주었습니다. 울음을 그친 사람은 나의 정원에 썩 잘 어울려요. 사랑하는 사람이 너무 많아서, 나는 자꾸만 잊어버리고, 얼굴을 잃어도 마음이 계속됩니다. 이것은 지속 가능한 사랑이에요…… 그런 말을 중얼거리다가 책을 펼치면, 페이지 속의 모든 단어가 바뀌어 있어요. 너를 주고 이 세계를 샀습니다.

–「탐독」 전문

그렇다면 탐독의 상황은 어떠할까요. 이 세계에서는 풍요로 가득합니다. 갓 구운 따뜻한 빵을 손에 쥔 사람들이 가득하고 그들은 영원히 배고프지 않습니다. 사랑하는 사람이 없어서가 아니라 너무 많아서 시적 주체는 자꾸만 어떠한 사실을 잊어버립니다. 그런데 이상하지 않나요. 얼굴을 잃어도 마음이 계속되는 이유가 궁금합니다. 이러한 지속성은 형벌입니까. 형벌이 아닙니까. 그렇군요. 이 사랑은 지속 가능한 사랑인 것. 얼굴을 아무리 잃어도 마음이 계속되는 한 사랑은 지속될 것이기 때문입니다. 여기서 반어 혹은 역설이 발생합니다.

문제는 얼굴을 잃은 사랑이 자신을 부정하고 망각하게 된다는 사실입니다. 이러한 사랑이 지속된다는 것, 아득해집니다. 그는 그런 말을 중얼거리다가 책을 펼치게 되는데 페이지 속의 모든 단어가 바뀌어 있음을 발견하게 됩니다. 언어가 변경되었다는 사실은 새로운 지침이 생성되었다는 뜻이겠지요. 날마다 태어나고 날마다 사라지는 지침들로 세상은 어지럽습니다. 구성원들은 매일매일 새로운 지식을 업데이트하느라 쉴 틈이 없습니다.

언더독이거나 탑독이거나 우리 앞에는 의외의 문장이 기다리고 있습니다. 기대하는 성과가 나오지 않을 때 다시 일어서기가 쉽지 않지요. 그럼에도 불구하고 아일랜드의 작가 사무엘 베케트는 다음과 같이 말합니다. "다시 시도하라. 또 실패하라. 더 낫게 실패하라." 그렇습니다. 그는 더 나은 실패를 독려하고 있습니다. 어떠한 상황이나 사건에 무관심한 태도로 일관하는 것보다는 충실한 슬픔이 더 나은 결과로 이어질 수 있다는 의미인 것 같습니다.

상황과 사건을 삶으로 확대해 보아도 무관심보다는 충실한 슬픔이 더 값진 감정이겠지요. 조심스럽지만 상황에 대한 무관심은 우리를 무력함에 가까이 데려갑니다. 쉽지 않은 여정이지만 시도하고 실패함으로써 앞으로 나아갈 수 있다는 뜻이 아닐까요. 그러니 오늘의 질문은 더 나은 실패를 하셨나요, 라는 문장이 되겠습니다. 충실한 슬픔으로 가득한 일상일지라도 시도했다는 사실을 바탕으로 한 걸음 더 나아가기 위해서 말입니다. 새로운 좌표를 향해, 뚜벅뚜벅.

마음이라는 사회

출구에서 만나자, 우리

가을, 전시회 관람. 친구 Y와는 전시회를 자주 다니는 편입니다. 둘만의 암묵적인 규칙은 전시 공간에 들어서는 순간 출구에서 다시 만나기로 한 시간까지 헤어져 있는 것. 즉 혼자인 듯 편안하게 전시를 관람할 수 있도록 만든 일종의 장치 같은 것이지요. 그동안 함께했던 시간을 지나오며 이 방식이 서로의 감상을 존중하는 가장 좋은 방법임을 깨달았기 때문인데요. 자연스럽게 이야기를 나누다 이러한 장치를 발견하게 되었답니다. 안녕, 출구에서 반갑게 만나자.

물론 그럴 거면 혼자 가는 게 더 낫지 않을까, 라는 생각을 할 수도 있습니다. 다만 친구와 약속을 잡으면 다양한 전시회를 부지런히 그리고 더 즐겁게 볼 수 있습니다. 충분히 각자의 시간을 누리고 나서 풍경과 차와 식사를 함께 나누면 되기 때문입니다. 친구 역시 이러한 장치에 충분히 만족하는 것 같아 다행입니다. 우리는 종종 자신과의 약속을 지키는 데 어려움을 느끼는 경우가 있잖아요. 그럴 때 다른 사람의 도움을 받아 이행 가능성을 높이는 것도 하나의 방법인 것 같습니다. '따로 또 같이' 그 시간을 온전히 누리는 자유로운 시간.

　　문득 '연대'란 무엇일까 질문해 봅니다. 연대는 여럿이 함께 무슨 일을 하거나 함께 책임을 진다는 뜻이지요. 또는 한 덩어리로 서로 연결되어 있음이고요. 과거에는 '촘촘한 연대'의 미덕을 높이 평가했습니다. 그런데 최근에는 사회적 지향이 공동체와 개인의 이분법에서 벗어나 '느슨한 연대'를 지향하는 방식으로 이행 중입니다. '느슨하다'는 끈이나 줄 따위가 늘어져 헐겁다, 마음이 풀어져 긴장됨이 없다 등의 뜻을 가지고 있지요.

이러한 '느슨하다'라는 형용사를 관계 앞에 붙이면 서로 연결은 되었으나 아주 긴밀하지 않은 관계가 되는 것이지요. 즉 따로 또 같이를 통해 보다 더 원활한 소통이 가능해지는 관계를 말하게 됩니다. 인간관계의 장점은 취하되, 촘촘한 연대가 지향하는 연결 방식으로부터 발생하는 부담과 복잡함은 덜어 내겠다는 지향성을 가지고 있습니다. 이러한 변화가 느슨한 연대라는 새로운 방식을 만들어 냈다고 할 수 있습니다. 일련의 사안에 보상과 대가가 자리해 있듯 각각의 연대에도 일장일단이 있을 수밖에 없겠지요.

촘촘하거나 느슨한

과거 촘촘한 연대의 주체가 우리였다면 느슨한 연대의 주체는 개인입니다. 촘촘한 연대의 암묵적 조건은 공동체를 위한 개인의 노력입니다. 그러나 느슨한 연대는 개인의 감정과 개성 존중을 중요시합니다. 만약 이러한 점이 지켜지지 않을 경우 언제든 그 관계를 이어 가지 않을 수 있습니다. 이러한 자유로운 분위기로 인해 취향과 목적에 따라, 개인이 참여할 수 있는 느슨한 연대의 공동체는 무한하고 제약

이 강하지 않습니다. 오늘은 느슨한 연대의 다양한 측면에 대해 나누어 보고자 합니다. 잠시 나누고 싶은 책의 한 대목을 살펴볼까요. 사회학자 김홍중은 『마음의 사회학』(문학동네, 2009, 6쪽.)에서 다음과 같이 제안합니다.

'나'의 마음이 '당신'의 마음과 다르지 않고 '우리'의 마음이 '그들'의 마음과 구별되지 않는 어떤 공명의 체험 속에서, 우리는 어렵사리 하나의 사회를 기획하고, 계약하고, 꿈꾸고, 체험한다. 사회란, 모두가 같은 마음이 되는 덧없는 순간의 불안정한 제도화이다. 억조창생까지는 아니더라도 유사한 언어와 기억, 고통의 감각과 행복의 소망을 공유하는 집합체의 '마음'을 하나의 살아 있는 구조로 인정하고 그 모양새(體)와 쓰임(用)을 논구하는 작업은 허망한 번뇌가 아니다. 번뇌라 하여도 할 수 없다. 한 시인이 노래하였듯이, 번뇌도 별빛이 아니던가?

인용문에서와 같이 모순된 두 세계가 길항하는 시공간이 있습니다. 불가능하게 보이는 그 체험은 여기서 기인합니다. 나의 마음이 당신의 마음과 다르지 않습니다. 나와 당신은 우리가 되고, 그 마음이 다른 이들의 마음과 구별되지 않는 어떤 공명의 체험이 이루어지는 시공간 말입니다. 나이거나 당신이거나 우리이거나 그들이거나 한 가지의 조건적 공통점이 있다면, 그것은 바로 마음을 가지고 있다는 사실입니다. 시가 인간의 마음에 관한 장르라는 사실을 떠올려 보면 무수히 많은 마음들이 모여 하나의 공동체를 이룬다는 사회학적 관점을 새삼 인식하게 됩니다.

어떤 공명의 체험

그런데 나는 당신과 구별되고, 우리는 그들과 구별되고 있습니다. 나아가 변별력이 곧 가치 평가의 기준이 되는 세계인 것이지요. 상황이 이러할 때 나는 당신과 구별되고 우리는 그들과 구별됩니다. 그럼에도 불구하고 도무지 발생하지 않을 것 같은 마음이 구별되지 않는 공명의 체험은 발생했고, 또 발생할 것일 텐데요. 과거에 현재에 그리고 미래 너머에 그 체험은 이루어질 것입니다. 그 공명의 체험들이 이끌어 낸 사회적 변화들을 우리는 잘 알고 있으니까요.

그 체험의 속성을 어떻게 명명할 수 있을까요. 명명 불가능한 그래서 '어떤'이라고밖에 칭할 수 없는 공명의 체험인 것입니다. 이 체험을 바탕으로 우리는 어렵사리 하나의 사회를 기획하고 계약하고 꿈꾸게 되는 것이지요. 말하자면 이는 사회라는 거대한 공동체의 이야기입니다. 사회란 공동의 목표를 향한 마음들이 대의를 이루는, 그러나 때로 덧없는 순간이라고 기록되기도 하는 불안정한 제도인 것이지요. 억조창생, 무수히 많은 사람들이 푸르른 생명력을 가지고 살아가는 모습을 뜻하는 사자성어인데요. 현재 우리 사회의 무수히 많은 구성원들은 푸르른 생명력을 가지고 살아가고 있는 걸까요.

안타깝게도 생명력을 잃어 가고 있는 수많은 이름들을 떠올리게 됩니다. 억조창생까지는 아니더라도 유사한 언어, 기억, 고통의 감각, 행복의 소망을 공유하는 집합체의 마음. 그 마음을 하나의 살아 있는 구조로 인정한다는 것. 그 모양새와 쓰임을 논하고 구하는 작업이 허망한 번뇌에서 끝나는 것이 아님을 되뇌어 봅니다. 어쩌면 안으로 무너지는 허무와 바깥을 공격하는 냉소는 가장 어려운, 가장 손쉬운 선택일수 있습니다. 대체적으로 두 감정 모두 내적 동력을 잃어버리는 방식으로 귀결되는 경우가 적지 않은 것 같습니다.

양들의 공동체

여기서 한 발 나아가 번뇌가 분명하다고 말하는 이가 있다면 우리는 어떻게 해야 할까요. 번뇌라고 해도 나아가는 편은 어떨까요, 재차 질문해야만 합니다. 무엇보다 질문을 주고받는 일이 중요하다는 사실을 떠올려 볼까요. 일찍이 한 시인이 노래한 것처럼 번뇌도 별빛이라고 말한 문장에 기대어서요. 그럼에도 불구하고 끝내 번뇌라고 말하는 한 사람을 만나게 될 수도 있습니다. 그러나 그 장면은 이야기의 끝이 아니라 출발이지 않을까요. 괜찮으시면 우리 지금부터 이야기 나눠 보는 건 어떨까요, 라고 말이지요.

이러한 질문을 안고 한여진 시인의 시 「어떤 공동체」를 살펴보려고 합니다. 위에서 어떤 공명의 체험을 이야기 나눈 바와 같이, 시의 제목에서도 공동체의 성격을 특정하지 않고 있습니다. 시인은 데뷔할 당시 미움이나 슬픔 따위가 사라진 '텅 빈 구멍'을 끈기 있게 들여다본다는 평가를 받았습니다. 정념으로 가득했던 마음의 질료는 바뀌어도, 그러니까 텅 빈 공간으로서의 마음은 사라지지 않는 것이겠지요. 그래서 시인은 그 마음을 끈기 있게 들여다보는 것인지도 모르겠습니

다. 쉽게 들여다보기 어려운 그 공백에서 우리가 발견할 수
있는 건 어떤 것일까요.

　　양과 함께 살던 그 시절
　　나는 왠지 살과 뼈와 피가 아니었다는 생각이 든다

　　양처럼 걷고 잠들며 양이 되길 바랐던 우리
　　믿지 못하겠지만 그런 어리석은 종교가 있었다

　　학교에선 양 세는 법을 가르쳤고
　　우리에겐 각각 번호와 순서가 매겨졌는데

　　몇몇은 잠들어 평생 깨어나지 않거나
　　또 몇몇은 양의 탈을 쓰고 도망갔다고 했다

　　나는 핏기 어린 눈을 뜬 채
　　낙조로 물든 마을로 돌아왔다

　　친구를 가려 사귀라는 말에
　　요새는 친구 없는 게 대세거든요, 하지 않고

엄마가 외국 사람이라 우리말을 못하는 거냐는 말에
원래 태생이 좀 신중한 편이라서요, 하지 않고

너는 보통 여자와 다르다는 말에
보통은 11월에 꽃피는 늑대랍니다, 하지 않고

길 가다 진짜 양을 만나도 함부로 끌어안지 않아서
드디어 양의 미덕을 지니게 되었구나 싶었는데

아프면 뭐라도 그려보는 게 어때요
마음에 도움이 될 거에요

하지만 캔버스 앞에만 서면 좌절했고
언젠가 본 그림 속 목가적인 풍경과 양
나만 바라봐주지 않는 양

아니면 차라리 몸 쓰는 일을 해보는 건 어때요
단순노동은 마음을 편안하게 해준답니다

주머니가 달린 조끼를 입고

목장으로 배달을 갔을 땐

커다랗고 말없던 상자를

헛간 속에 몰래 던졌다

내용물: 양

(※폭발 주의)

집으로 돌아와 양의 발바닥을 간지럽히는 것들을

생각하며 잠들었을 땐 양의 마음을 보았다

그래서 당신은 언제쯤 한 마리 양이 됩니까, 말을 걸자

붉고 미끄덩한 것이 나를 보며 넌 이제 그만 꿈에서 깨야지,

했다

눈뜨면 기억은 없고 재채기만 나오는데

캔버스는 원래 백지인 상태로 두는 게 어떨까 싶습니다

어제저녁 양들이 다 타 죽었어요 모든 게 끝장입니다

마을에 남은 여덟 명의 노인들이
울며 좋았던 시절에 대해 말한다

양의 진짜 얼굴은
아무도 모르는 채

바람이 불고 키 작은 잡초들이 흔들리자
온몸이 간지러웠다 벅벅 긁으며
박해란 무엇일까 생각했다

-「어떤 공동체」 전문

시 속에는 양과 함께 살던 그 시절 즉 과거를 떠올리는 시적 주체가 등장합니다. 과거의 그와 친구들은 양처럼 걷고 잠들며 스스로 양이 되길 바랐습니다. 일종의 동일화를 추구했던 것이지요. 그는 소급적으로 그 시간들을 아름다우면서도 어리석은 종교라고 말합니다. 하지만 양을 객체로 대하기를 가르치는 학교와 그들을 이상하게 바라보는 사회적 시선은 그러한 관계를 허용하지 않습니다. 약속처럼 그 믿음과 신앙은 조금씩 옅어져 가게 되는데요.

이 세계는 마음이 편안해지는 효과를 위해 단순노동과 몸을 쓰는 일을 권장합니다. 그들의 마음에 그 외의 생각이 자라나는 것을 경계하는 듯이. 이제 그는 잠이 들었을 때에만 양의 모습을 그릴 수 있게 됩니다. 가끔 바람으로부터 전해지는 이상한 간지러움과 징조들을 느끼더라도 이내 놓쳐 버리게 된 것이지요. 실재하지는 않지만 마음에 남아 있는, 여덟 명의 노인들만이 잃어버린 시절 즉 아름다웠던 과거를 기억할 뿐입니다. 과거일 때만 아름답다고 말할 수 있는.

그렇습니다. 학교라는 공동체에서는 양 세는 법을 가르쳤습니다. 그리고 각각의 대상들에게 걸맞는 번호와 순서를 매겨 줬지요. 무수히 많은 조언과 지침들 역시 내려집니다. 친구를 가려 사귀라는 말 등등. 한편 인물들이 꿈꾸고 바라는 이상향으로서의 그곳은 과거 세대, 혹은 아름다운 시절의 이야기와 깊이 연관되어 있는 것 같습니다.

그러니까 이는 세대의 이야기. 담론 구축은 한 사회의 발전과 성장을 위해 필요하지요. 다만 세대론은 세대를 이해하기 위한 의도와 목적을 가지고 있을 때에만 그 가치를 획득할 수 있습니다. 재단하거나 규정하거나 비난하려는 세대론은 그 자체로 소통 불능을 증명하기 때문이겠지요.

양의 진짜 얼굴

우리가 주목하고자 하는 부분은 이렇습니다. 공동체에 대한 알레고리적 상황을 토대로 볼 때 이 세계에서의 아픔은 필연적으로 발생합니다. 불가피하다면 아파만 하지 말고 뭐라도 그려 보라는 권유가 들려오기도 하는데요. 그 방법이 마음을 단단하게 하는 데 도움이 될 거라는 처방도 이어집니다. 누군가 이 순간에도 아픔에서 벗어나기 위해 노력하고 있겠지요. 이 장면은 단단해진 자신의 모습을 꿈꾸며 뭐라도 하고 있다는 사실을 떠올리게 합니다. 뭐라도 해 보려는 그 몸짓에 대해서 말입니다.

하지만 상황은 여의치가 않습니다. 목표와 방향을 정해 놓지 않고 그린다는 행위와 성과에 집중하고 있기 때문일까요. 뭐라도 그려 보려는 시적 주체는 캔버스 앞에만 서면 좌절하게 되었음을 고백하고 있지요. 그 좌절 아래 언젠가 본 그림 속 목가적인 풍경과 양, 그리고 이상하게도 자신에게만 눈을 마주쳐 주지 않는 양을 만나게 될 뿐입니다. 서로의 눈을 바라보지 않는 양들로 가득한 세계. 시의 프레임 안에서 그리고 밖에서 침묵하는 양들의 모습을 마주하게 됩니다.

그럼에도 불구하고 이 상황적 조건을 역설적 의미에서의 파국적 희망이라고 읽어 보면 어떨까요. 중요한 점은 방점이 희망에 찍혀 있다는 사실입니다. 시적 주체는 급기야 캔버스를 원래 백지인 상태로 두는 게 어떨까 묻습니다. 안타깝게도 어제저녁 양들이 다 타 죽었고 모든 게 끝장이라고 말하면서요.

한 줌의 희망이나 가능성과 관련된 단어가 나오기를 기다리셨나요. 낙관적인 전망으로 결말이 맺어지기를 바라는 우리의 바람은 이루어지지 않습니다. 끝내 등장하게 되는 단어는 박해입니다. 이 단어는 못살게 굴어서 해롭게 한다는 뜻의 명사이지요. 그런데 박해에 대한 사회적 정의를 다시 하는 일. 마지막 질문의 하울링처럼 어디까지가 박해인가, 라는 성찰이 필요한 때인 것 같습니다.

우리는 시를 읽는 동안 양의 진짜 얼굴을 끊임없이 상상하게 됩니다. 양의 진짜 얼굴이 출현하는 그 순간까지 이어질 상상. 다시 마음 이야기로 돌아가 마무리 지어 볼까요. 상상을 가능하게 하는 동력은 마음일 것입니다. 다른 구성원과 더불어 살아가지 않아도 되는 완전한 개인이란 존재할 수 없겠지요. 그 사실을 문학의 형식은 자명하게 그러나 과장되지 않게 보여 준다는 점에서 독보적입니다.

어쩌면 한 사회의 반복되는 불행은 일련의 총체적 원인에서 비롯되는 건지도 모르겠습니다. 공동체의 구성원이 처한 상황과 입장은 전적으로 구조의 탓이거나 마음의 탓으로 환원할 수 없는 것이기 때문입니다. 놀랍게도 나와 너, 그리고 우리의 연대가 지속될 수 있는 건 구조일 수도 마음일 수도 있기 때문에.

×

겨울이라 그래

법칙보다 중요한

이불 밖이 추워지는 겨울이 다가오면 고전을 다시 읽는 기쁨이 두 배가 되는 것 같습니다. 기온이 영하권으로 떨어지면 더더욱 두문불출. 시대를 거슬러 이어지는 또는 변주되는 인간 마음의 문학적 역사를 천천히 읽어 내려가는 시간. 그 시간을 누리기에 더없이 알맞은 계절이 다가왔어요. 독서 리스트가 궁금합니다. 요즘에는 어떤 책을 읽고 계시나요. 모든 고전은 현재성을 획득하는 방식을 통해 그 자리에 머물 수 있습니다. 그 현재성을 찾아내는 과정은 책을 읽는 이의 자유이자 즐거움. 그리고 두루두루 생각을 요하는 과제이기도 하지요.

러시아의 대문호 레프 톨스토이가 1878년에 발표한 소설 『안나 카레니나』를 다시 펼쳤습니다. 잘 알려져 있듯 주인공 안나 카레니나는 밝은 성품을 갖춘 미모의 인물입니다. 그에게는 러시아 정계 최고의 정치가인 남편과 사랑스러운 아들이 있었지요. 남부러울 것 없는 상황이었지만 마음 한 구석에 늘 공허함이 자리하고 있었습니다.

결말에 이르러 그는 위험한 사랑에 빠져 끝내 기차역 승강장에서 다가오는 기차에 몸을 던져 생을 마감하고 맙니다. 행복할 수 있는 모든 조건을 갖춘 듯 보였지만, 채워지지 않는 마음 한구석의 공허함이 그녀를 불행으로 이끌었던 것입니다. 인물이 처한 일련의 상황들은 훗날 '안나 카레니나 법칙'으로 불리게 됩니다. 어쩌면 법칙보다 중요한 건 법칙을 둘러싼 인간의 다양한 감정일 것입니다.

한편 인상 깊은 첫 문장에 꼭 소개되고는 하지요. 이 소설의 첫 문장은 다음과 같습니다. "행복한 가정은 모두 비슷한 이유로 행복하지만 불행한 가정은 저마다의 이유로 불행하다." 전자의 경우는 대체적으로 근심이 없고 건강하며 화목하지만, 후자의 경우는 가족 구성원들의 관계나 경제적인 조건 등 천차만별의 이유로 불행해진다는 뜻이겠지요. 물론 어디까지나 행복은 상대적인 개념이기 때문에 일반화하기 어렵습니다.

다만 행복한 가정이 그려진 소설을 살펴보면 가족 구성원들 대부분이 건강한 편이고 서로 간의 친밀감이 자리합니다. 나아가 견디기 어려운 고통 없이 구성원들이 자신의 삶을 누리고 있다면 행복한 가정이라 말할 수 있을 것입니다. 즉 모든 조건이 탁월하지 않더라도 어느 정도 충족될 경우 행복한 가정의 될 가능성이 있다는 뜻이겠지요.

겨울이라 그런 걸까

반면에 불행한 가족이 그려진 소설에는 가족 구성원 중 한 사람이 경제적 어려움에 빠져 있거나, 사회적으로 고립된 상황에 처해 있게 됩니다. 몸 또는 마음의 아픔도 겪게 되지요. 무엇보다 안타까운 상황은 서로 간의 애정과 신뢰에 균열이 생기고

만다는 것입니다. 이는 한 사람의 탓만은 아닐 때가 많지요.

    왜 인간의 삶에는 불행이라는 요소가 자리하는 것일까요. 이는 반드시 가족 공동체에만 해당되는 사안은 아니겠지요. 어디서부터 비롯된 불행인지 그 근본적 원인에 대해 여러 등장인물의 질문이 이어지기도 하지요. 나와 너 그리고 우리라는 관계성 안에서도 이 질문은 유효합니다. 여기 동물원에 다녀오는 길, 울음이 그치지 않는 한 사람이 있습니다. 우는 이유를 묻는 이에게 겨울이라 그렇다는 대답을 들려주고 있네요. 바로 이자켓 시인의 시 「탓」입니다.

> 겨울이라 그래
> 과천에서 돌아오는 버스
> 울음은 그치지 않고
> 넌 그런 나를 바라보았다
>
> 겨울의 동물원은 한산해서
> 실내에서 뱀을 구경했다
> 실외에는 텅 빈 사육장이 많다
> 뱀들이 차가운 비늘을 벗고 남김 허물 뭉치

언젠가 잃어버린 물건 같았다

겨울은 나쁘다

탓하는 사람에 의해

중얼거리는, 살 트고, 입술 갈라지는

추위 손 없이 절벽

바람에 맞서는 얼굴

수십 개의 손가락을 비비게 하는

너와 내가 함께 붙인 포스터를 떼어내고

하얀 벽에 붙은 테이프를 커터 칼로 긁어내면

벗겨지는 벽지

투명해도 느낄 수 있어

그러니까 투명한 걸 볼 수 있어

네가 내 가슴을 열고 손을 집어넣는다

냉장고가 열릴 때 커지는 희뿌연 불빛 같은 것이

내게도 있다

괜찮다, 괜찮다 해도 진정되지 않는 마음이 있고

의미를 모르지만 알아듣게 되는 마임이 있고

잔에서 잔으로 불꽃을 일으키며 떨어지는 칵테일

겨울은 그렇다

흰밥과 고온의 술을 삼키게 한다

겨울은 그래서

몸이 온통 물비늘로 둘러싸였다는 것을 깨닫게 한다

너는 그래서, 너는 그래서

긴말을 묶은 얼음 뭉치가 된다

누구의 탓도 아니다

이 겨울이 가기 전엔

−「탓」 전문

　제목이 간명하면서 강렬합니다. 과연 누구의 '탓'일까요. 탓의 정의는 주로 부정적인 현상이 생겨난 까닭이나 원인. 그리고 구실이나 핑계로 삼아 원망하거나 나무라는 일이지요. 첫 번째 정의가 보다 객관적인 상황에 따른 경우에 해당한다면, 두 번째 정의는 외부적 조건이나 타인에게 잘못을 전가하는 듯한 인상을 주기도 합니다.

최근에 어떠한 조건을 혹은 누군가를 탓한 경험 있으신가요. 생각해 보면 모든 탓은 상황이 벌어지고 난 후에 이뤄진다는 점에서 다소 무력하다는 느낌이 드는 것도 사실입니다. 엎질러진 물 앞에서 황망히 젖어 가는 책을 바라보는 마음처럼 말이지요. 햇볕에 말린 후에도 그 기억을 고스란히 떠올리게 하는 한 권의 책.

투명해도 느낄 수 있어

먼저 시의 상황을 살펴보겠습니다. 시적 주체는 자신의 상태에 대한 원인을 겨울이라 그렇다고 대답하고 있습니다. 그렇습니다. 놀랍게도 그는 울고 있습니다. 과천에서 돌아오는 버스 안에서 말이지요. 겨울이라는 원인을 찾고 난 후에도 그의 울음은 계속됩니다. 울고 있는 한 사람을 한 사람이 바라보고 있고요.

과연 과천에는 어떤 연유로 다녀오는 것일까요. 바로 겨울의 동물원을 구경하기 위한 일정이었던 것 같습니다. 추운 날씨로 인해 한산한 동물원의 실내에서 뱀을 구경했다고 합니다. 실외에는 텅 빈 사육장이 많습니다. 동물들이 실내에서 겨울을 날 수 있도록 옮겼겠지요. 아무래도 쓸쓸한 풍경.

이어지는 연은 차가운 비늘을 벗고 남긴 뱀들의 허물 뭉치를 마주하는 것으로 시작됩니다. 조금 전까지 뱀이었던 그러나 지금은 아닌. 시적 주체는 허물 뭉치를 보며 언젠가 잃어버린 물건 같다는 생각을 떠올립니다. 살아오는 동안 잃어버렸던 것들은 지금 어디서 어떤 모습으로 있을까요. 벌써 폐기물이 되었을지도 모르지만요. 일상에서 자주 잃어버리는 볼펜, 우산, 목도리 등등 말이지요.

나아가 소중한 대상들, 눈에 보이지 않는 것들, 스스로 잘 챙겼어야 할 과거의 희망이나 꿈까지. 그 리스트를 헤아려 보니 아득해집니다. 아마도 뱀들의 허물 뭉치는 언젠가 잃어버린 어떤 것들을, 시간이 흘러 멀리서 다시 바라보는 느낌을 표현하고 있는 듯싶습니다. 여기서 일종의 시차가 발생하는 것이지요.

계속되는 연은 앞의 내용과 연결됩니다. 갑자기 겨울이 나쁘다는 문장이 나오는데요. 일반적으로 나쁘다, 라는 표현은 사람에게 사용하는 경우가 대부분입니다. 겨울 탓을 하는 이유는 바로 추위와 바람 때문이겠지요. 이러한 요소들로 인해 출근, 외출, 여행 등의 외부 활동이 평소보다 힘들어질 수 있다는 걸 우리는 잘 알고 있습니다.

그런데 여기서 겨울이 나쁘다, 라는 판단은 철저히 겨울 탓을 하는 사람의 관점에 의한 것입니다. 사실 겨울은 아무 잘못이 없지요. 사계절의 순환에 따라 날씨가 추워진 것뿐. 어쩐지 아무도 탓할 수가 없어 겨울 탓을 하는 듯한 느낌. 살이 트고 입술이 갈라지는 일상의 고단함에 대해.

천천히 우리의 시선은 '절벽'이라는 단어에 멈추게 됩니다. 살아가면서 여러 차원의 절벽과 마주하게 되는데요. 그 절벽의 가파름은 그때그때마다 달라서 매번 어떻게 대처해야 하는지 막막하기만 하지요. 신문에서 인구 절벽, 주가 절벽, 부동산 거래 절벽이라는 표현을 자주 보게 됩니다. 누군가는 외로움이라는 절벽을 떠올릴 수 있습니다. 그만큼 절벽이라는 단어의 스펙트럼은 넓습니다. 그 절벽 앞에서 우리는 바람에 맞서게 됩니다. 시에서와 같이 할 수 있는 건 손을 비벼 스스로 체온을 올리고 잠시 얼굴을 감싸는 일뿐일까요.

괜찮다, 괜찮지 않다

한편 울고 있는 시적 주체를 가만히 바라보던 한 사람과 함께 붙인 포스터 이야기가 나옵니다. 이전에 붙인 포스터를 떼어 내고 그 위에 새로운 포스터를 붙이는 일. 물론 포스터 떼어 내기는 일상과 일에 대한 메타포일 수도 있습니다. 두 사람이 함께 한 모든 것들에 관한.

그러니까 여기서의 벽지는 앞서 나왔던 뱀의 허물 뭉치를 떠올리게 합니다. 우리가 지나온 시간들의 흔적에 관해 말이지요. 그 흔적들을 보면 시간이 이렇게 흘렀구나, 라는 사실을 실감하게 됩니다. 문득 포스터에 어떤 이미지가 담겨 있었을지 궁금해집니다. 오래 바라보고 싶었던 풍경이었을 텐데요.

시는 이제 마무리로 접어듭니다. 중요한 장면을 마지막 즈음하여 보여 주는 영화처럼. 사실 시적 주체가 전하고 싶은 마음은 여기서부터 확장되고 있다고 할까요. 시 안에서의 두 사람은 투명해도 느낄 수 있고, 볼 수 있는 특별한 사이인 것 같습니다. 그렇기 때문에 울음을 터뜨린 원인에 대해 겨울 탓을 해도 재차 묻지 않는 것인지도 모르겠습니다. 겨울 탓을 하고 있지만 한 사람의 울음에는 내적 필연성이 있다는 것을 헤아리는 사이인 것이지요.

그러한 상황 속에서 상대방은 시적 주체의 가슴을 열고 손을 집어넣습니다. 시적 주체는 냉장고가 열릴 때 켜지는 희뿌연 불빛 같은 것이 자신에게 있음을 말하고 있는데요. 한 사람 앞에서만 켜지는, 한 사람에게만 보이는 희뿌연 불빛이겠지요. 보이지 않는 마음을 바라보는 놀랍고도 고요한 풍경.

우리에게도 역시 아무리 괜찮다, 괜찮다 해도 진정되지 않는 마음이 있습니다. 어쩌면 괜찮다는 주문은 현재의 상태가 괜찮지 않음에 대한 반증이기도 하니까요. 아침에 일어나 몸을 일으켜야 할 때, 일하는 동안, 퇴근길 버스 창문에 기대어 무의식중에 괜찮다는 주문을 외우고 있는 수많은 얼굴들을 떠올려 봅니다.

혹은 잠결에까지 따라와 속삭이게 되는 그 문장을 말이지요. 언젠가 스스로에게 고백하게 될지도 모릅니다. 도무지 괜찮아지지 않는다는 고백을 말이지요. 그 목소리가 들려오기 전에 일상을 견디는 마음들에 귀를 기울이는 시간이 필요한 것 같습니다. 애써 괜찮은 척하지 않아도 된다고, 그 노력들이 우리를 더 힘들게 하는지도 모르겠다고요.

마임과 마음

그러니까 겨울은 의미를 모르고도 알아듣게 되는 마임의 계절입니다. 마임의 의미는 추상적일 수밖에 없고 몸의 언어는 구체적이고 생생하게 다가옵니다. 생각해 보면 꼭 마임의 형식이 아니어도 모든 비언어적 표현에 의한 의사소통에는 그러한 요소가 강력하게 작용하는 것 같아요. 언어가 사라진 세계에서는 누구나 마임이스트가 되는 것 같습니다.

특히 겨울에는 더 그렇지 않을까요. 마임을 마음으로 읽고 싶은 겨울인 것이지요. 잔에서 잔으로 불꽃을 일으키며 떨어지는 칵테일처럼, 한 사람의 마음과 한 사람의 마음이 서로를 향해 이동하는 계절. 서로가 만들어 준 계절에 잠시 마음을 보내는 시간인 것일까요.

그렇습니다. 겨울이라서 그렇습니다. 따뜻한 김이 피어오르는 흰 쌀밥과 평상시에는 시도하지 못할 법한 불꽃을 일으키며 떨어지는 칵테일, 고온의 술을 삼키게 하는 겨울이지요. 거짓말 같은 백야의 핀란드에서 누군가 마시고 있을 차갑고 투명한 보드카가 떠오르기도 합니다. 시적 주체의 목소리와 같이 겨울은 인간의 몸이 온통 물비늘로 둘러싸였다는 것을 깨닫게 하는 걸까요. 얼마나 추위와 바람에 약한지, 그래서 본능적으로 따뜻한 것들에 이끌리게 되는 마법을 말이지요.

게다가 이 마법은 항상 희미한 통증 같은 것을 수반한 채로 우리에게 다가옵니다. 만약 어느 겨울 한 사람과 함께 흰밥과 고온의 술을 나눈 기억이 있다면 말입니다. 그 기억을 떠올릴 때마다 체하면 안 되니까 천천히 먹으라는 당부의 말이 들려온다면 더더욱. 그 목소리가 들리던 시공간으로 이동하게 되는 마법.

나눔에 대해 이야기하며 떠오르는 한 편의 영화가 있습니다. 리얼리즘의 거장 켄노치 감독의 영화 <나의 올드 오크 (My old oak)>는 영국의 한 폐광촌 사람들이 시리아 난민을 맞이하며 벌어지는 이야기입니다. 이들에게는 얽혀 있는 오해와 갈등이 있었고 서로에 대한 비난이 이어집니다. 그러나 결말에서는 서로의 손을 마주 잡고 힘을 모으게 됩니다. 이들이 함께 행진하며 들었던 피켓에는 '용기와 연대와 저항'이라는 문구가 새겨져 있었지요.

영화 대사 중에는 '함께 나눠 먹으면 더 강한 결속력을 갖을 수 있다'는 내용이 기억에 남습니다. 포스터에도 새겨지게 되지요. 어쩌면 이 문장에 함축되어 있는 바가 용기와 연대와 저항만큼 중요할지도 모르겠습니다. 이들의 반목과 화해가 이루어지는 곳이 마을의 오래된 '올드 오크'라는 맥줏집입니다. 시에 나오는 흰밥과 고온의 술은 아니지만, 맥주와 음식을 나누며 서로의 입장을 천천히 이해하게 되지요.

홀가분하게, 무심하게

시의 결말은 이 겨울이 가기 전에는 누구의 탓도 아니라는 내용으로 끝납니다. 겨울은 모든 상황에 대해 겨울 탓이라고 할 수 있는 특권이 주어지는 계절인 걸까요. 그런데 겨울 탓이라고 해도 해소되지 않는 결핍이나 초과분에 대해서는 어떻게 설명할 수 있을까요. 일련의 균형을 깨뜨린다는 점에서 결핍과 초과는 부정적인 결과를 불러오는 때가 많은 것 같습니다.

가만히 생각해 보면 겨울은 죄가 없는지도 모르겠습니다. 누군가의 탓 혹은 거대한 사회 구조적 문제를 겨울 탓으로 돌릴 수밖에 없는 마음에 대해서 다시 한번 헤아려 보게 됩니다. 한 사람의 슬픔을 개인의 의지 부족으로 촉박하게 환원하지 않는 시선으로.

의외롭게도 미국의 석학 제레드 다이아몬드는 인간 사회의 운명을 논하면서 안나 카레니나 법칙에 대해 언급합니다. 즉 불행한 가정에 저마다의 이유가 있는 것처럼, 인류가 수많은 대형 야생 포유류를 가축화하지 못한 이유에는 다양한 요인이 복잡하게 얽혀 있다는 내용입니다. 여기서의 맥락은 다음과 같습니다.

안나 카레니나의 법칙은 성공을 거두기 위해 한 가지 요소에 집중하는 것이 아니라, 수많은 실패 원인을 피할 수 있어야 한다는 점을 담고 있습니다. 여기서 대형 야생 포유류의

가축화가 쉽지 않았다는 사실은 실패의 원인을 해결하지 못했기 때문이라는 논리가 성립되는데요.

시의 상황에 이를 적용해 보면 한 사람이 울음을 터뜨리는 데에는 무수히 많은 사적 그리고 공적 이유가 자리한다는 것을 알 수 있습니다. 그러니 이유 없는 슬픔이란 없고, 우리가 그 울음소리에 귀 기울여야 하는 중요성이 여기 있는 것이지요. 어떠한 어려움이 도처에 자리하고 있는지를.

이제 시적 주체가 슬픔에 빠져 있는 이유를 추측해 볼 수 있지 않을까요. 만약 이를 다양한 주체들의 경우로 확장해 볼 수 있다면 그들이 슬퍼하는 데 있어서 공통의 이유들을 찾을 수 있지 않을까요. 기회 균등의 문제, 구성원들과의 소통의 어려움, 경제적 불평등, 차별의 문제 등등이 떠오릅니다. 개별적 주체의 특수성이 아니라 보편적 해법의 지점을 찾는 일에 대해 골몰해야 하는 이유가 여기 있다는 생각이 듭니다.

수많은 주체들이 그동안 마임이스트가 되어 사회에 보낸 메시지에 귀 기울여야 한다는 성찰과 함께 말이지요. 그렇습니다. 소중한 이가 보내온 메시지에 아무리 늦더라도 답장을 해야 하는 것처럼 말입니다. 하루하루를 버티고 있을 일상의 고단함을 알기에. 오래 기다려 주셔서 감사합니다, 라는 인사와 함께. 사회적 성찰이 충분히 이루어진 이후에도 남는 것이 있겠지요. 그럴 때 짐짓 홀가분하게, 무심하게 '겨울이라 그래'라고 말할 수 있는 날이 오기를 바라며 믿으며.

×

코트 속 메모는 도착 중

코트와 행복 만족도

코트를 좋아하는 편입니다. 몇 해 전 겨울 새로운 블랙 코트를 구입했는데요. 친구 S는 이 코트를 보고 러시아에서나 입으면 알맞겠는데, 라고 웃으며 말했습니다. 그만큼 따뜻해 보이는 코트인 것이지요. 여기에 목도리까지 매면 완전 무장. 장갑과 핫팩까지 준비하면 더 이상 맹추위가 무섭지 않지요. 바람이 불어와도 몸을 웅크리지 않고 씩씩하게 걸을 수가 있습니다. 이 코트를 얼마나 자주 입고 다녔는지, 겨울의 기억이 섬유 사이사이에 다 스며 있는 듯한 느낌이 들

정도입니다.

　매서운 겨울아, 손등에 내려앉은 눈송이처럼 조용히 녹아 사라져. 사라지지 마. 이제 봄이 올 듯 말 듯. 이번 겨울 가장 인상 깊은 순간이 언제셨나요. 코트 주머니에 무엇을 채우는 시간이었는지 떠올려 봅니다. 믿기지 않을 만큼 따뜻한 온기가 가득한 시간이었을까요.

　잘 알려져 있듯 미국의 경제학자 리처드 이스털린은 경제 성장과 그에 따른 소득 증가 및 행복 수준은 일치하지 않는다는 이론을 발표한 바 있습니다. 이른바 '이스털린의 역설'이라 불리는 주장이지요. 반면에 <UN 세계행복보고서>는 해당 주장과 상충되는 듯한 의견을 밝힌 바 있습니다. 경제적으로 부유한 나라나 그렇지 않은 나라 모두, 행복을 증진하는 데 소득 수준이 주요 역할을 하는 것으로 나타났다는 사실을 근거로 들어서 말입니다.

　이와 관련하여 조금 더 자세히 살펴보기 위해 한 조사 결과를 참고해 보려고 합니다. 그에 따르면 소득의 수준에 따라 국가 전체의 웰빙에 미치는 영향은 다르다고 하는데요.

예를 들어 식량 부족, 보건 의료의 낮은 접근성, 교육 기회의 불평등함에 노출된 저소득층이나 개발도상국의 경우에는 다릅니다. 이 경우에는 소득 증가의 요소가 매우 중요하게 작용합니다.

경제적으로 부유한 나라라고 소득이 중요하지 않은 것은 아니지만 어느 정도의 선에서 그친다고 하는군요. 다른 기타 요인들의 중요도가 보다 부각될 수 있음을 의미하겠지요. 기초 생활수준의 충족도 및 행복은 소득보다 개인의 공동체에 대한 소속감, 정신적, 육체적 건강함이나 가치관으로부터 더 큰 영향을 받으리라고 추측하는 것입니다.

저녁 메뉴가 궁금해

이어서 미국 펜실베이니아대 와튼스쿨의 베시 스티븐슨 교수 팀은 이스털린의 설문보다 더 광범위한 실증조사를 통해 그의 주장이 잘못됐다고 반박한 바 있습니다. 해당 연구에서는 132개국을 대상으로 지난 50년간 자료를 분석한 결과 부유한 나라의 국민이 가난한 나라의 국민보다 더 행복하고, 국가가 부유해질수록 국민의 행복 수준은 높아졌다고 말했습니다. 경제적 조건이 뒷받침되어야 행복할 가능성이 더 크다는 주장이지요.

물론 국민 개개인을 보면 돈보다 명예나 다른 곳에서 행복을 찾는 사람이 있을 수 있습니다. 하지만 국가 차원에서 보면 국민소득이 늘어날수록, 복지 수준과 행복감이 높아질 가능성이 크다는 게 대다수의 견해라고 합니다. 지금까지 코트와 행복 만족도와 경제 수준의 상관관계 등에 대해 살펴보았는데요. 이와 관련된 질문을 시를 통해 확장해 보면 어떨까요. 조용우 시인의 「세컨드핸드」입니다.

시장에서 오래된 코트를 사 입었다

안주머니에 손을 넣자
다른 나라 말이 적힌 쪽지가 나왔다
누런 종이에 검고 반듯한 글씨가 여전히 선명했고

양파 다섯, 감자 작은 것으로, 밀가루, 오일(가장 싼 것), 달걀 한 판, 사과 주스, 요거트, 구름, 구름들

이라고 친구는 읽어 줬다

코트가 죽은 이의 것일지도 모른다며

모르는 사람의 옷은 꺼림칙하다고도 했다

먹고사는 일은 어디든 비슷하구나 하고 웃으며

구름은 무슨 뜻인지 물었다

구름은 그냥 구름이라고

친구는 답했다

돌아가는 길에

모르는 사람이 오래전에

사려고 했던 것들을 입으로 외워 가면서

어디로 간 것일까

그는

여전히 조용하고 따뜻한 코트를 버려 두고

이 모든 것을 살뜰히 접어 여기 안쪽에 넣어 두고

왜 나는 모르는 사람이
아닌 것일까

같은 말들이
반복해서 시장을 통과할 때

상점으로 들어가 그것들을 하나씩 바구니에 담아 넣을 수
있다
부엌 식탁에 앉아 시큼하기만 한 요거트를 맛있게 떠먹을 수
도 있다

오늘 저녁식사로 할 수 있는 것들을 떠올리면서
놀라운 것이 일어나고 있다고 느끼면서

구름들
바깥에서 이곳을 무르게 둘러싸고서 매일
단지 다른 구름으로 떠오는

그러한 것들을 이미

일어난 일처럼 지나쳐 걷는다

주머니 속에 남아 있는
이름들을 하나씩 만지작거리면서 나는

오고 있다

- 「세컨드핸드」 전문

    시적 주체는 시장에서 오래된 코트를 구입하게 됩니다. 옷 상태도 살필 겸 안주머니에 손을 넣었답니다. 그런데 의외롭게도 이국의 언어로 쓰인 쪽지 한 장이 나왔다는군요. 마치 우편함에 생각지 못한 편지 한 통이 도착해 있는 걸 발견한 느낌일까요. 발신인과 수신인의 이름이 적혀 있지 않은 그런 편지 말입니다.

    다시 쪽지 이야기. 빛바랜 듯한 종이에는 검고 반듯한 글씨가 거짓말처럼 여전히 선명했던 것이지요. 마치 어제 저녁에 적어 놓은 글씨처럼. 선명한 글씨는 일면식도 없는 코트 주인의 말간 얼굴을 마주하고 있는 듯한 느낌을 자아냈을까요. 너무나 인간적인, 너무나 일상적인 쪽지의 내용으로 인해 말이지요. 알 수 없는 이의 저녁 메뉴가 궁금해질 것 같은 느낌입니다.

왜 나는 모르는 사람이 아닌 것일까

각자의 장보기 패턴이 있을 텐데요. 외국어에 익숙하지 않는 시적 주체는 친구에게 메모의 내용을 읽어 달라고 부탁합니다. 반듯한 필체가 무색하게 일상적인 것들 즉 장보기 목록들이었던 것인데요. 양파 다섯, 감자 작은 것으로, 밀가루, 오일(가장 싼 것), 달걀 한 판, 사과 주스, 요거트, 구름, 구름들이 그것입니다. 친구는 조심스럽게 죽은 이의 옷일지도 모른다며 염려합니다.

쪽지만 봐서는 장보기가 이루어졌는지 아닌지 그 여부를 알 수 없습니다. 당장 오늘 저녁 마트에서 살 것들이라고 해도 믿을 만큼 일상적인 품목들이지요. 두 사람과 같이 먹고 사는 일은 어디든 비슷하다는 사실에 웃을 수밖에 없게 되는데요. 금방이라도 메모의 주인공에게 오늘 저녁 메뉴가

뭐예요, 라고 질문을 하게 될 것 같습니다. 그런데 갑자기 구름은 여기 왜 적혀 있는 걸까요. 구름이 무슨 뜻인지 물었고 친구는 구름은 구름이라고 무심히 혹은 담백하게 답을 합니다.

　한편 코트를 샀으니 이제 시적 주체는 새로운 주인이 된 셈인데요. 과연 전 주인은 어디로 간 것일까요. 어떤 연유로 코트를 시장에 내놓게 되었을까요. 친구의 예상대로 안타깝지만 이미 세상을 떠났을 수도 있고 아주 먼 곳으로 이사를 한 상황일수도 있습니다.

　반면에 그러한 추측과 상관없이 아직 가까운 곳에 살아 있을지도 모르지요. 질문은 계속 이어집니다. 디자인이나 소재가 주는 느낌일 듯한데요. 이렇게 조용하고 따뜻한 코트를 버려두고 그는 어디로 간 것일까요. 쪽지를 포함하여 이 모든 일상을 살뜰히 접어 코트 안쪽에 넣어 두고 말이지요.

　코트의 주인에서 비롯된 질문은 약속처럼 확장됩니다. 질문은 급기야 이 문장에 다다릅니다. "왜 나는 모르는 사람이/ 아닌 것일까"라는 질문을 하고 있군요. 그렇습니다. 왜 모르는 사람일 수 없는 것일까요. 끝내 과거와 현재와 어쩌면 미래까지도 이토록 선명하게 각인된 자신에 관해 말이지요. 그러니 세상 모두가 자신을 모른 척해도 스스로는 모른 척할 수 없다는 데, 이 질문이 함의하는 바가 담겨 있습니다. 스스로가 자신을 모른 척할 때 철저한 소외가 발생하지요. 나아가 소외된 시간만큼 잃어 가는 자신을 그리워하거나 감당하게 될 것입니다.

시적 주체는 코트의 주인처럼 마트에 가서 목록대로의 물품들을 구입할 수도 있습니다. 마치 늘 그래 왔듯이 오늘 저녁에 요거트를 떠먹을 수도 있는 것이지요. 그러나 흉내 낼 수 없는 한 가지가 있으니 바로 그것은 구름들입니다. 친구의 말대로 구름은 그냥 구름이기 때문에 의미하는 바가 명확하게 파악되지 않습니다.

조심스레 추측해 보자면 구름은 일상의 공간을 무르게 둘러싸고서 매일 다른 구름으로 떠오는 그런 수많은 시간들을 뜻하는 것 같습니다. 바깥으로부터 무한히 밀려왔다 밀려가는 시간들 말이지요. 코트의 주인이 적어 놓은 목록대로 장을 보고 음식을 만들어 먹는 장면을 떠올려 봅니다. 그럴 때

시적 주체는 마치 그러한 것들을 이미 일어난 일처럼 지나쳐
걷게 됩니다.

우리라는 데자뷔

일종의 데자뷔(déjà vu)와 같이 말이지요. 잘 알려져 있듯
데자뷔는 처음 가 본 곳인데 이전에 와 본 적이 있다고 느끼
거나 처음 하는 일을 전에 똑같은 일을 한 것처럼 느끼는 것
이지요. 살아가다 보면 자신이 지금 하고 있는 일이나 주변
의 환경이 마치 이전에 경험한 듯한 느낌이 들 때가 있습니
다. 한 번도 본 적 없는 사람의 장보기 목록은 그 사람의 일상
을 엿본 듯한 느낌을 들게 합니다.

나아가서는 한 사람의 일상이 자신의 일상과 비슷하다는
생각을 하게 되는 것이지요. 마치 오랜 기간 알고 지내 정서
적으로 매우 친밀한 관계처럼 말이지요. 처음 뵙겠습니다,
가 아니라 오래 격조했습니다, 라고 인사를 나눠야 할 것 같
은 느낌이군요. 우리라는 데자뷔.

한편 예전에는 '친함'를 정의하는 것이 비교적 간단했던 것 같아요. 일반화하기는 어렵지만 만나는 주기가 관계의 친밀도를 결정하는 기준이었던 것 같습니다. 친한 친구와 공부, 식사, 취미, 고민 상담 등 매우 다양한 경험들을 같이 나눴다고 할 수 있겠지요. 사회적으로 진정한 만남은 오프라인에만 존재하며, 온라인에서 만나는 모든 인간관계는 그저 스쳐 지나가는 인연에 불과하다고 생각했던 시기가 있었던 것 같아요.

상대적으로 요즘은 친함을 정의 내리기가 생각보다 간단하지 않습니다. 줌을 켜 놓고 각자 공부하는 모습을 실시간으로 공유하는 관계, SNS에서 자주 소통하는 관계를 1년에 한두 번씩 오프라인으로 만나는 관계보다 더 친한 관계로 분류하는 사회적 변화와 흐름이 포착되기 때문이지요. 더 이상 오프라인 만남이 온라인 만남에 우선하지 않습니다.

이러한 현상에 대해 떠올려 보면 온라인 대 오프라인으로 관계가 규정될 때에는 직접 만남이 중요했습니다. 하지만 오늘날처럼 다양한 방식으로 인간관계를 형성하고 이어 가는 시대에, 대면이란 관계를 지속하기 위한 여러 방법 중 하나일 뿐입니다. 관계의 조건이 조금씩 바뀌고 있는 것일텐데요.

온라인상에서도 더 친한 관계와 그렇지 않은 관계가 존재하고 오프라인에서도 마찬가지이겠지요. 온오프라인 관계가 서로 교차하며 새로운 관계 유형을 만들어 내기도 합니다. 현대인의 인간관계는 점차 다양한 기준점이 서로 교차하는 관계의 스펙트럼으로 표현되어야 할 만큼 복잡해진 것 같습니다.

구름에 관해서는 구름에게

다시 시 이야기로 돌아와 마무리를 지어 볼까요. 이러한 사회적 변화 속에서도 시적 주체는 타인이 입었던 코트를 입고 있는 동안 그와 함께하고 있습니다. 타자를 통해 자신을 바라보는 것인지도 모르겠습니다. 하물며 한 번도 본 적 없고 이름도 모르는 대상에게 느끼는 감정은 무엇일까요. 한쪽에서 상대방에 대해 알고 친밀감을 느낀다면 내적 친밀감이라고 말할 수 있겠지요. 하지만 정체를 모르는 누군가에게 친밀감을 느낀다는 건 사실상 불가능하기 때문입니다.

그럼에도 그의 일상을 공유한 듯한 느낌과, 알 수 없는 심연으로서의 구름을 이해할 것만 같은 착각이 드는 건 왜일까요. 그렇습니다. 착각일 수 있으나 심연은 명확히 규정되지 않을 때 심연일 수 있기 때문이겠지요. 그러니 구름에 관해서는 구름에게 물어보는 수밖에. 나아가 그의 구름은 그에게 돌려주는 수밖에.

어쩌면 모든 이의 옷장에 검은 코트가 걸려 있는 동안 코트의 주인들은 주머니 속에 남아 있는 목록들을 떠올리며 살아갈 것만 같습니다. 훗날 아끼던 코트를 누군가에게 팔게 된다면 새로운 주인 역시 코트 안쪽에서 쪽지를 발견하게 될지도 모르지요. 멀리서 뒤늦게 도착한 한 사람의 편지와 같이.

그때의 쪽지에는 어떤 단어들이 적혀 있을까요. 식재료들이 적혀 있고 그 말미에 구름과 같이 알 수 없는 단어를 만나게 될지도 모릅니다. 이미 벌써 코트 속 메모는 도착 중입니다. 어떤 바람, 겨울의 한낮의 빛, 코끝이 시린 저녁의 공기,

그해 겨울 같이 나와 너, 우리가 아니면 증언할 수 없는 바람,
빛, 공기, 봄을 상상하게 만드는 그런.

호랭이의 기도, 과분한 미래,
그리고 다정한 리턴콕

평소 이은규 시인의 글을 아껴 읽어 온 한 명의 독자로서 그의 산문집이 발간된다는 소식에 기쁜 마음을 감출 수 없었다. 한동안 시인의 다정다감한 목소리를 닮은 원고 뭉치에 푹 빠져 있었다. 읽을 때마다 새로운 발견을 선사하는 차분한 문장들 사이에서 유독 몇 번이나 눈길을 멈추게 만드는 대목이 있었다. 시인은 스스로 생을 마감한 누군가의 소식을 듣고 자신이 선물받았던 배드민턴 '리턴콕'을 떠올렸다고 이야기한다. 약간의 안면만 있을 뿐 자세한 사정을 알지 못하는 타인의 막연하고도 깊은 슬픔 앞에서 시인은 왜 뜬금없이 배드민턴을 떠올렸을까.

시인은 그 사람이 매일 조금씩 배드민턴을 치는 모습을 상상한다. 물론 운동에 취미를 붙인 그이의 삶이 어떠한 방향으로 나아갈지 속단할 수 없는 일이고 "생을 마감할 만큼의 심각한 문제가 배드민턴으로 해결될 리 없"다는 사실 또한 사려 깊은 시인은 이미 잘 알고 있다. 하지만 시인은 못내 미련을 버리지 못한 채 유달리 눈이 크고 선한 인상을 지녔던 그 사람이 애써 라켓을 쥐고 돌아오는 공을 맞추기 위해서 몰두하는 모습을 자꾸만 떠올리려 한다. 과연 그 잠깐의 시간들이 어떤 이의 삶을 죽음에서 조금씩 멀어지게 만들었을까. 타인의 죽음과 리턴콕의 시간 사이에는 실상 아무런 '인과성'도 없을 것이다. 그럼에도 이 대목에서 눈길이 떨어지지 않았던 것은 멀리 떨어진 문장과 문장, 서로 무관한 나와 당신 사이를 잇는 그 은유의 도약이 어딘가 시인의 다정한 시를 닮았다고 느꼈기 때문인 것 같다. 그것은 타인을 향한 적극적인 개입이라기보다는 그저 "멀리서 가까이서" 누군가가 남긴 마음의 흔적을 가만히 헤아려보는 일에 가까운 듯하다.

시인은 자신이 배드민턴을 떠올리게 된 것은 "시간의 필요성" 때문이었다는 말을 덧붙인다. 짐작건대 이는 잠시 숨을 돌리는 시간, 일상의 고민으로부터 관심을 이격시키는 몰

입의 시간의 필요성 정도의 의미로 손쉽게 이해된다. 하지만 그렇게 설명을 끝내기에는 이 산문집 내에서 '시간'이라는 단어가 품고 있는 함의가 그리 단순하지 않아 보인다. 이은규 시인은 『미래에 진심인 편』의 서문에서 열한 편의 글과 열한 명의 시인들의 작품이 묶이게 된 연유에 대해 밝히고 있다. 산문과 나란히 놓인 시편들은 대체로 근래 첫 시집을 내고 자기 발화를 시작한 이들의 작품들이다. 시인은 그들의 다채로운 발화에서 '탁월한 미숙함'을 발견할 수 있다고 말한다. 그것은 "함부로 규정되지 않으며 미완의 상태이지만, 언제나 나아가기 위해 노력하는 그런 면모"로 표현된다. 아마도 시인은 해당 작품들 속에서 아직 도래하지 않은 시간, 즉 미래를 향해 열려 있는 공통의 가능성을 찾아낸 듯싶다. "각자의 시간이 흐르고" 있는 시와 친절한 산문을 다시금 살피다 보면 시인이 발견한 그 시간의 감각을 우리도 함께 느껴 볼 수 있지 않을까.

시인은 「술 빚는 중이에요, 호랭이 눈물」이라는 글에서 이날 시인의 시 「오수」를 소개한다. 이 작품은 우리가 가끔 낮잠을 자고 일어났을 때, 무언가를 잃어버린 것처럼 선듯한 땀에 젖어 일어난 어느 오후에 느끼는 불가해한 공허함과 슬픔의 순간을 포착하고 있다. 현실의 세계로 돌아오기까지 잠깐의 말미가 필요한 "시공간이 어긋난 것 같은 그 순간, 아무런 이유 없이 희미한 슬픔이 밀려오는 것은 왜일까". 이날 시인은 재미있는 비유를 든다. 그것은 잠의 호랑이가 우리의 삶 일부를 베어 물어 갔기 때문이라는 것이다. 아이였다면 그 막연한 감정들에 칭얼거리며 대뜸 엄마부터 찾았을 터인데 "금세 어른의 시간에 놓여 있는 자신을 알아챈" 우리들은 울퉁불퉁해진 마음을 정돈하고 이내 일상으로 복귀한다. 호랑이가 우리의 삶에서 한 움큼 베어 간 것은 누구보다 소중했던 이와의 추억이거나 그와 나누고 잊어버린 미래의 약속일지도 모르겠다. 이은규 시인은 해당 시편을 인용하며 모래알처럼 우리의 손을 빠져나가는 일상의 망각과 그것을 잠시 움켜쥐는 한낮의 시적 자각의 시간이 타인을 상실하는 슬픔과 연관되어 있음을 담담히 서술하고 있다.

「어쩌면 같은 기도」라는 제목의 산문에서 시인은 걱정이 많아 힘들어 하는 친구의 사연을 듣고 있다. 실로 내가 아는 시인은 그런 사람이다. 언제 불쑥 만나더라도 친근한 웃음과 안부를 건네는 사람, 늦은 술자리에도 누군가의 하소연을 끝까지 다 경청하고 진지하게 고민해 주는 사람. 글에서 시인은 스스로를 상하게 하는 고민보다는 '기도'를 해 보는 것은 어떠한지 친구에게 조심스런 제안을 건넨다. 그것은 종교적인 의미의 행위라기보다는 친구의 마음이 조금이라도 평안해지길 바라는 시인의 소망이자 "한 사람의 걱정을 온전히 함께하는 일, 그 두려움을 나누는 일"이었을 것이다.

　이와 발을 맞춰 인용되고 있는 시편은 조시현 시인의 「같은 기도」이다. 작품 속에는 각자의 온기로 서로를 녹일 듯 껴안고 있는 '나'와 '너'가 등장한다. 손에 짠 기운이 고일 정도로 단단히 깍지를 낀 채 같은 곳을 향해 걸어가는 그들의 모습은 묘한 따스함과 울림을 읽는 이들에게 전달한다. 다만 안타까운 것은 누군가와 똑같은 방향으로 나아가는 일, 그 사람이 바라는 미래의 모습을 알게 되는 일, 그이의 기도를 이해하는 일은 때로는 두렵고 무서운 일이 되기도 한다는 점이다.("네 기도를 알게 되면 너를 더 이해할 텐데/ 그런 것은 무섭다") 이은규 시인은 '고슴도치 딜레마'에 대한 쇼펜하우어의 언급을 인용하며 거리가 좁혀짐에 따라 오히려 상처를 받게 되는 나와 너의 관계에 대해 서술하고 있다. 선량한 관심으로 시작된 타인에 대한 이해는 왜 상처로 귀결되고 마는 것일까, 우리는 다가설수록 서로를 찌를 수밖에 없는 날선 존재들인 것인가.

　자기보존의 욕구와 타인에의 갈망 사이에 놓인 이러한 질
문들은 누구도 쉽게 답을 내릴 수 없는 사안일 것이다. 시인이
인용한 작품 속에는 대답 대신 다음과 같은 자문이 놓여 있다.
"소금은 바다의 기도가 될까". 이 인상적인 혼잣말은 우리에
게 아무런 확신도 주진 않지만 어떤 존재에 가닿고자 하는 간
절한 기도는 때로 그 대상과 닮은 무엇으로 스스로를 변화시
키기도 한다는 진실을 넌지시 알려 주는 듯하다. "기도란 거
그냥 사라져버려"는 허황된 다짐이거나 어디에도 닿지 않는
무기력한 자기만족에 불과할지도 모르지만, 빈틈없이 끌어
안았던 너와 나의 기도는 보이지 않는 무언가를 녹여 서로에
게 분명한 각자의 흔적을 남겨 놓는다. 시인이 낱낱의 시편들
을 보며 느꼈다던 시간의 동질감 또한 이런 것이 아니었을까.
어쩌면 시인들이란 타인의 미래와 소망을 빌려 지금 자신의
삶을 살아가는 이들을 일컫는 이름일지도 모르겠다. 그 "'우
리'라는 이름의 고슴도치들"은 너에게 온전히 닿고자 하는 기
도가 결국 자신의 몸을 찌르게 될 행위임을 알고 있음에도 잠
깐의 온기와 오래될 슬픔을 끝끝내 외면하지 않으려 한다.

물론 이와 같은 노력에도 불구하고 이들에게 주어진 미래의 시간이 마냥 따스하게만 그려지는 것은 아니다. 가령 「새로운 좌표를 향해, 뚜벅뚜벅」이라는 산문은 변혜지 시인의 「언더독」과 「탑독」을 언급하며 실패 이후의 실패를 이야기하고 있다. 「언더독」에는 세계를 구했던 '나'가 사랑하는 사람들에게 부정적인 시선을 받는 장면이 그려지고 「탑독」에는 사랑하는 사람이 너무 많아 그 얼굴을 점차 잊어버리는 '나'의 모습이 묘사되어 있다. 이은규 시인은 세계의 강자이든 기대를 받는 약자이든 불확실한 미래 앞에서는 양쪽 모두 그 무엇도 보장되지 않는 예비된 실패자임을 지적한다. 그렇기에 어찌할 수 없는 결과에 휘둘리거나 무관심한 태도로 일관하기보다는 실패 이후의 상황과 슬픔에 충실하여 또 다른 좌표로 나아가야 함을 역설한다.

　　인용된 작품의 원본 텍스트의 맥락을 참조하여 여기에 시간성에 관한 또 다른 이야기를 덧붙여 볼 수 있겠다. 「언더독」과 「탑독」이 실린 시집 『멸망한 세계에서 살아남는 법』은 웹소설 『전지적 독자 시점』의 세계관을 지탱하는 책의 제목에서 그 이름을 빌려 온 것이다. 그곳에 펼쳐진 무대는 디스토피아에 가까운 근미래이다. 주인공은 세계를 구원하기 위해 셀 수 없을 만큼의 회차 동안 형벌과도 같은 회귀를 반복한다. 세계를 구한 '나'가 아닌 또 다른 '나'가 사람들의 사랑을 받는 모습, 무한히 되풀이되는 시간 속에서 구출한 세계의 형태와 사람들의 얼굴을 점차 잊으며 감정적으로 마모되는 '나'의 모습 등은 이 같은 외부 텍스트의 맥락을 참조한다면 달리 읽히기도 한다.

중요한 것은 이러한 시적 주체의 삶이 미래가 사라진 멸망한 세계의 지반 위에서 작동되고 있다는 점일 것이다. 이는 비단 일부 장르 텍스트들만의 시간관은 아니다. 그것은 불투명한 미래보다는 약속된 추억의 쾌감을 선사하는 과거의 시간으로 자꾸만 돌아가려 하는 자들, 실패한 낙원에의 귀환(지그문트 바우만)을 하염없이 꿈꾸는 사람들, 시인의 표현대로 반복된 실패에 익숙해져 버린 이들 모두에게 무척이나 낯익은 시간일 것이다. 타인을 위한 기도는 결국 서로를 상처 입힐 뿐이고, 너와 내가 자라 겨우 우리가 될 수밖에 없는 이토록 정체된 미래의 시간 앞에서 우리는 과연 무엇을 할 수 있을까.

(…)

나를 구성하는 재료의 빛깔과 질감

누가 좀 만져줬으면 좋겠어

옷장 속에서 남몰래 축축해질 때도

누가 나를 꺼내 좀 털어줬으면

모처럼 단잠에 빠졌다가 영원히 깨어나지 않는

그런 걸 소망이라고 말하는 사람이 내 주변엔 많다

어제나 오늘로 충분한 게 아니고

내일이 과분해서

그런데 사랑은 해야겠지

(…)

— 고선경, 「돈이 많았으면 좋겠지」 부분

사실 처음에는 허공에 떠 있는 셔틀콕을 치는 것조차 쉽지 않았습니다. 대략 일주일 넘게 라켓이 날아오는 셔틀콕 대신 허공을 가르는 일이 많았지요. 그 모습이 우스꽝스러워 웃음이 터지고는 했습니다. 이제는 점점 익숙해져 생활의 일부가 되고 있습니다. 물론 눈부시게 투명하고 바람도 없는 날, 야외에서 치는 배드민턴의 기쁨에 비하지는 못하지만 말입니다. 이제 기상 상황과 관계없이 운동을 할 수 있어서 좋아요. 친구의 응원이 있는 한, 리턴콕이 있는 한.

— 이은규, 「해맑게 돌아오는 리턴 콕처럼」 부분

다시 처음으로 돌아가 보자. 타인의 죽음과 배드민턴의 이야기가 언급된 글에 인용된 시는 고선경 시인의 「돈이 많았으면 좋겠지」이다. 작품 속의 '나'는 단잠에 빠진 후 영원히 깨어나지 않을 것을 바라는 주변 친구들의 소망을 언급한다. 슬프고도 충격적인 이 같은 소망은 보통 주어진 모든 시간의 수명을 누린 뒤 평온한 종결을 맞이하길 바라는 이들의 희망인 경우가 대부분이다. 아직 한창 돈과 노동과 사랑을 향유할 젊디젊은 이들이 고통 없는 죽음을 소망하는 이유는 과거와 현재가 충분할 정도로 만족스러워서가 아니라 다가올 미래가 분에 넘치게 많아서이다. 그것은 감당할 수 없는 내일이 주어져 있기 때문이거나 나에게는 "그만큼의 역할과 책임이 무겁기 때문"이다. 이는 달리 말하자면 무엇을 하더라도 나의 의지와 노력의 소산대로 미래가 움직이거나 바뀌지 않을 것을 내가 이미 예감하고 있다는 뜻이기도 하다.

그렇기에 앞서 막막한 시간의 무게에 짓눌린 이들의 사연을 앞에 두고 '리턴콕'의 이야기를 꺼낸 시인의 선택은 아마도 우연이었겠지만 새삼 여러모로 탁월했던 듯싶다. 천장에 줄을 매달아 공을 쳐내기만 하면 다시 제자리로 되돌아오는 리턴콕의 진자운동은 미래로부터 아무것도 약속대로 돌려받지 못하는 존재들에게 작지만 분명한 성취감을 선사하는 까닭이다. 그 누구도 자신의 요구를 온전히 받아 주지 않는 세계 속에서 살아가고 있는 이들, 그럼에도 눅눅한 옷장 속에 갇힌 자신을 산뜻하게 매만져 줄 어떤 이에 대한 희망과 사랑을 여전한 반지 사탕처럼 간직하고 있는 이들에게, 시인이 선물한 이 리턴콕은 누군가와 랠리를 주고받을 언젠가의 그날을 위해 서툰 근육의 모양을 연습하는 다정한 지침이 되어 줄 것이다.

조대한(문학평론가)

×

우리에게 조금 더 나은 내일이

이 사려 깊은 책은 시를 경유하여 우리 삶에 대한 사유를 부드럽고 우아하게 전한다. 그러나 이 책이 전하는 시와 삶의 이야기는 여리고 약해서 금세 쓰러져 버릴 것만 같은 달콤한 속삭임은 결코 아니다. 오히려 곧은 허리로 얼굴을 마주 보며 전하는 다정하고 명료한 응원과도 같은 것이다. 그것은 시인이 누구보다 "미래에 진심"이기 때문이리라.

이은규 시인이 전하는 저 '미래'란 지난한 우리의 삶을 우리가 스스로 갱신할 수 있다는 믿음에서 출발한다. 당신은 이 책을 읽으며, 시와 함께 삶을 사유함으로써 우리에게 조금 더 나은 내일이 가능해질 것이라는 시인의 전언을 가슴 깊이 받아들이게 될 것이다. 그리고 당신 또한 "미래에 진심"이 될 것이다. 이 책을 읽은 내가 그랬던 것처럼.

황인찬(시인)

출처

조시현, 「같은 기도」, 『아이들타임』, 문학과지성사, 2023, 209-211쪽.

박참새, 「건축」, 『정신머리』, 민음사, 2023, 17-19쪽.

이날, 「오수」, 『입술을 스치는 천사들』, 아침달, 2023, 30-32쪽.

고명재, 「비인기 종목에 진심인 편」, 『우리가 키스할 때 눈을 감는 건』, 문학동네, 2022, 58-59쪽.

고선경, 「돈이 많았으면 좋겠지」, 『샤워젤과 소다수』, 문학동네, 2023, 55-56쪽.

이린아, 「비가 오기 전 춤을 추는 새」, 『내 사랑을 시작한다』, 문학과지성사, 2023, 41-43쪽.

임유영, 「처서」, 『오믈렛』, 문학동네, 2023, 63쪽.

변혜지, 「언더독」, 『멸망한 세계에서 살아남는 법』, 문학과지성사, 2023, 59-60쪽.

변혜지, 「탑독」, 『멸망한 세계에서 살아남는 법』, 문학과지성사, 2023, 101쪽.

한여진, 「어떤 공동체」, 『두부를 구우면 겨울이 온다』, 문학동네, 2023, 20~22쪽.

이자켓, 「탓」, 『거침없이 내성적인』, 문학과지성사, 2023, 130-132쪽.

조용우, 「세컨드핸드」, 『세컨드핸드』, 민음사, 2023, 21-23쪽.